岩波文庫

37-772-1

シェフチェンコ詩集

藤井悦子編訳

岩波書店

目次

シェフチェンコ詩集

——手稿集『三年』(一八四三—四五年)より

暴かれた墳墓(モヒラ)*

静けさにみちた世界　愛するふるさと
わたしのウクライナよ。
母よ、あなたはなぜ
破壊され、滅びゆくのか。
朝まだき　太陽の昇らぬうちに
神に祈りを捧げなかったのか。
聞きわけのない子どもたちに
きまりごとを教えなかったのか。
「祈りました。こころを砕いてきました。
昼も夜も眠らず、

幼子たちを見守り、
きまりごとを教えました。
わたしの花、わたしの良い子たちは
立派に成長しました。
一度(ひとたび)はわたしも
この広い世界に君臨したのです……
それなのに、ああ、ボフダン*よ！
愚かな息子よ！
さあ　おまえの母を、
おまえのウクライナを　見るがいい。
ゆりかごを揺らしながら
おのれの不幸な運命を歌っていた母を、
歌いながら、こみあげる嗚咽(おえつ)を抑えられず、
自由を得る日を待ち焦がれていた母を。
ああ、わたしのボフダンよ！

こうなるとわかっていたら、
赤子のうちに　おまえの呼吸を止めてしまったのに。
添い寝の胸で　おまえの息の根を止めてやったのに。
わたしの草原（ステップ）は
ユダヤ人やドイツ人に　売られてしまい、
わたしの息子たちは　他人の土地で
他人のために働いている。
わたしの弟、ドニプロ*の水は涸（か）れて
わたしを見棄てている。
そのうえに　わたしのかけがえのない墳墓（モヒラ）まで
ロシア人が掘り返している。
掘り起こすがよい、
他人のものを探すがよい。
そうしているあいだに
無節操な者どもは成人して、

ロシア人が　わがもの顔にふるまい、
つぎはぎだらけのシャツを
母から剝ぎとるのを
助けるがよい。
人のこころを失（な）くした者たちは
母を責め苛むことに手を貸すがよい。」

墳墓（モヒラ）は　縦横無尽に
掘り返された。
連中はそこで　なにを見つけだそうとしているのだろう。
われわれの先祖の古老たちは
そこになにを隠したのだろう。ああ、もしも、
もしも、そこに隠されているものを見つけだせたら、
子どもたちが泣くこともなく　母がこころを痛めることもなかっただろうに。

一八四三年十月九日　ベレザニ

Розрита могила

無題〈チヒリン[*]よ、チヒリンよ〉

　チヒリンよ、チヒリンよ、
この世のものはすべて滅びる。
おまえの聖なる栄光さえ
　片の塵のように
冷たい風にのって飛び去り、
雲のかなたに消え失せる。
地上では歳月が流れ、
ドニプロの水は涸（か）れて干上がる。
墳墓（モヒラ）は破壊され　崩れ落ちている。
高き墳墓こそ　おまえの栄光のしるしなのに。

無力な老人よ、おまえのことは、もはや
だれひとり　ひとことも語ろうとはせず、
　どこにおまえがあったのか、

なんのためにあったのか、
だれも示そうとはしないだろう。
笑い話の種にすることさえないのだ！

いったいなんのためにわたしたちはポーランド人と戦ったのか。
なんのために　タタールの軍団と斬りあったのか。
なんのために　ロシア兵の肋骨（あばら）を
槍（やり）で犂（す）きかえすようなことをしたのか。
　血で潤（うるお）し、
　サーベルで均（なら）した。
　畑には何が生えてきただろう。
芽生えたのは毒草だ。

わたしたちの自由を害（そこな）う毒草だった。

だが愚か者のこのわたしは、おまえの廃墟に佇（たたず）んで
いたずらに涙を流すだけ。ウクライナは死んだように横たわり、
雑草が生い茂り　カビに覆いつくされた。
ぬかるみや泥沼の中で　人びとのこころを腐らせ、
朽木の洞（うろ）には　冷酷な毒蛇を放った。
そして子どもたちの希望を　草原（ステップ）に投げ捨てさせた。
　　その希望を
　　風が広野に吹き散らし、
　波が大海原に　ゆくえさだめず運び去った。
　風よ　すべてを運び去るがよい、
　はてしなく大きな翼に載せて。
　こころよ　泣くがよい、
　地上に聖なる真実を探しもとめるがよい。

チヒリンよ、チヒリンよ、
わたしのかけがえのない友よ。
眠っているあいだに　おまえは　草原（ステップ）も森も
ウクライナのすべてを　失（な）くしてしまった。
眠りつづけよ、ユダヤ人にかこまれて、
太陽が昇るまで、
あの幼稚なヘトマン*たちが
まことの知恵を得るときまで。
神に祈りを捧げて　わたしも眠ってしまいたい。
だが、呪われた想いが
魂に火を点（つ）け、
こころを　ずたずたに引き裂こうとする。
引き裂くな、想いよ、焼きつくすな。
わたしの不運な真実と

わたしのこころのこもったことばを
ふたたびとりもどすことができるかもしれない。
古い犂につけるあたらしい刃（やいば）を
そのことばから
鍛えあげることができるかもしれない。
荒れはてた土地に犂を入れ、
草ぼうぼうの休耕地を耕して、
その土地に
わたしは涙の種を蒔くかもしれない。
嘘いつわりのない涙の種を。
この種から両刃（もろは）の剣（つるぎ）が
芽生え育つかもしれない。
その剣が　脆弱（ぜいじゃく）で放恣（ほうし）なこころ、
不幸のみなもとであるこころを切り裂いて、
たまった膿（うみ）を流しだし、

われらがコザーク*の　生命（いのち）にあふれた
清らかで気高い血を
注ぎこむかもしれない。

　ひょっとしたら……何本もの剣のあいだから
薫り高い薬草や　日日草（にちにちそう）が
芽吹くかもしれない。
それにまた　忘れられていたことば、
ひそやかで悲しみに満ちた、
神を畏（おそ）れるわたしのことばも
人びとの記憶に　よみがえるかもしれない。
そして　乙女の内気なこころが
はげしく動悸を打ち始めて、
わたしのことを　思いだすかもしれない。
わたしのことば、　わたしの涙を。

おお、わたしの愛しい乙女よ！

　チヒリンよ、眠れ、
子どもたちを　敵のもとで滅びさせよ。
ヘトマンよ、眠りつづけよ、
この世に真実が　ふたたびたち現れる日まで。

一八四四年二月十九日　モスクワ

«Чигрине, Чигрине...»

夢（喜劇）

その方は、真理の御霊です。世はその方を受け入れることができません。世はその方を見もせず、知りもしないからです。

ヨハネの福音書　十四章　十七節＊

すべての者に　その人の運命(さだめ)があり、
その人の広い道がある。
ある者は築き、ある者は破壊する。
ある者は貪欲な眼(まなこ)で
世界の果てまで　睨(にら)んでいる。
奪い取って自分のものにし、

棺桶の中まで持って行けるような
そんな土地がどこかにないものかと。
ある者は　仲人の家に押しかけて
カードで身ぐるみ剝がしてしまう。
ある者は　部屋の片隅でこっそりと
兄弟を殺(あや)める刃(やいば)を研いでいる。
また　もの静かで
神を敬う真面目な人間が
雌猫のように忍び寄り、
不幸な時が訪れるのを待ち構えて、
おまえの肝臓に爪を突き立てる。
哀願などするな。女房が頼んでも
子どもが泣いても　無駄なこと。
そうかと思うと　太っ腹で豪奢なことが好きな輩(やから)は＊
年中　寺院を建造している。

その輩は　祖国を深く愛し、
祖国についてこころを痛めるあまり、
祖国から　水のように
血を流させている。
同胞は目を大きく見開いて、
仔羊のように押し黙っている。
もし喋らせたら、
なるべくしてなった、と言うだろう。
なるべくしてなった！
天には神はいないのだから！
きみたちは　軛につながれながら
それでもあの世に
楽園のようなものを求めているのか？
そんなものはありはしない！
求めても無駄だ。目を覚ませ。

この世に生きるものは——
ツァーリ*も乞食も——
アダムの子孫なのだ！

あの人も……またあの人も……それに　このわたしは？
善良なる人びとよ、
わたしは　日曜も平日も
浮かれ騒ぎ、宴（うたげ）を開いている。
だが　きみたちは疲れ切っている！　不平をならべる！
知ったことか！　喚（わめ）きたてないでくれ！
わたしが飲んでいるのは　自分の血だ、
他人の血を飲んでいるわけではない！

こういうわけで　真夜中に、
すっかり酩酊したわたしは
ひとり　思いにふけりながら

垣根伝いに家路をたどった。
わたしには　泣き喚く子どもはいない。
　口やかましい女房もいない。
　静かなこと、楽園のごとし。
至るところ、神の恩寵に満ちている――
　家の中も　こころの内も。
　こうして　わたしは横になる。
酔っ払いが　いったん眠りこんだら、
たとえ　大砲が轟いても――
　髭をぴくりとも動かすものじゃない。
そして夢を、驚くべき夢を
　わたしは見た――
こんな夢を　摩訶不思議な夢をちらとでも見られるなら、
どんなに意志堅固な禁酒家でも　禁を破り、
どんなにケチな人間でも　金を払うだろう。

だが　そんなにうまくいくものか！
目を凝らすと、ふくろうのようなものが
牧草地の上を、川岸を、森を、
　切り立つ断崖絶壁の上を
　広い草原（ステップ）の上を
　　峡谷の上を翔（と）んで行く。
わたしも　ふくろうの後を追って飛びたち、
大地に別れを告げる。

さらば　世界よ、さらば　大地よ、
冷淡な故郷（ふるさと）よ。
わたしの苦悩とわたしの怒りを
雲の中に隠そう。
だが、わたしのウクライナよ、
不幸せな寡婦よ、

わたしは雲の彼方から、
おまえのもとに翔んで来よう。
ひそやかに　しめやかに　ことばを交わし、
おまえと語り合うために。
真夜中に　細かい露となり、
おまえの上に降り注ごう。
ともに考え、ともに嘆こう。
陽が昇るまで、
おまえの幼い子どもたちが
敵の前に立ちあがるまで。
さようなら、わたしの母よ、
哀れな寡婦よ、
子どもたちを育てておくれ、
真実は神のみもとにあるだろう。

わたしたちは翔んで行く。おや、もう夜明けだ。
空の緑が赤く燃え、
鶯（うぐいす）が　暗い茂みで
お日さまに歓迎の挨拶を送る。
風がそよぎ、草原（ステップ）と麦畑が微睡（まどろ）んでいる。
谷あいの　池のそばでは
柳が　緑に輝く。
果樹園の樹木（きぎ）は枝もたわわに実をつけ、
ポプラの木が　思い思いに
まるで哨兵のように　立ち、
野原と語らっている。
これらすべて、この土地のすべてが
美しさに包まれ、
緑に輝き、
太古の昔から

細かい露に洗われて
太陽を出迎える。
これほど美しい夜明けも
これほど美しい土地もない！
誰も何かつけ加えることはできないし、
滅ぼすこともできない、
これらすべてを……。わたしの魂よ、
なぜ　おまえは悲しむのか？
わたしの貧しい魂よ、
なぜ　意味もなく涙を流すのか？
何を嘆いているのか？　おまえには見えないのか、
おまえには　人びとの泣き声が聞こえないのか？
目を見開いて　しっかり見るがいい。だが　わたしは
空高く　青い雲の彼方に舞いあがろう。
そこには支配者もいないし、刑罰もない。

人びとの　嘲（あざけ）りの声もなく、泣き声も聞こえない。
ほら、ごらん、おまえが捨てようとしているあの楽園では
手足の不自由な者から、皮膚もろとも
ぼろぼろの上着を剝（は）ぎとっている、
若旦那に履かせる靴をこしらえるために。
ほら、あそこでは、寡婦が人頭税を払えずに
磔（はりつけ）になっている。彼女の一人息子、
ただひとつの希望である息子は軍隊に送られる。
ほら、あそこをごらん！　生垣の下では
飢えて腹の膨れた子どもが死にかけているのに、
母親は　賦役の麦刈りをさせられている。
　おまえには見えるだろうか？
わたしの目よ、おまえは　いったい何の役に立ってきたのか？
なぜ　子どものころに干からびてしまわなかったのか？
なぜ　涙で溶けてしまわなかったのか？

ほら、ポクルィトカが*　とぼとぼと歩いている、
父なし子を抱いて。
両親には追いだされ、
他人は誰も家に入れてくれない。
乞食でさえ　彼女を避ける！
だが　若旦那は気にもとめず、
二十人目の年端もいかない少女を相手に
正気を失うほど飲んだくれている。

　神よ、あなたは雲の陰から
わたしたちの涙と苦しみをごらんになっておられるのか？
ごらんになったそのうえで、
太古から聳（そび）える山やまに
人間の血がまき散らされるのを
手伝っておられるのか？

わたしの貧しい魂よ！
おまえといるのは　ほんとうに辛い。
　毒をあおり、
氷の中に横たわって眠りたい。
わたしの想いを神のみもとに送り、
　尋ねてみたい、
この世では　まだこれからもずっと
　死刑執行人の支配が続くのか、と。
わたしの想い、わたしの狂おしい苦悩よ、
あらゆる不幸と　あらゆる悪を　おまえもろとも運び去っておくれ。
それらはおまえの仲間――おまえはそれらとともに育ち、
それらと親しく交わった。それらのやつれた手が
おまえに襁褓(おむつ)をあてた。それらを連れて飛びたち、
空いっぱいに　大群をまき散らしておくれ。
　燃え立つ炎で　大空を

赤く、黒く染めよ。
ふたたび　毒蛇に火を吐かせ、
大地を　死体で覆いつくせ。
おまえがいない間　こころは
どこかに隠しておこう。
その間に　わたしは探そう。
世界の果てに　楽園を。

ふたたび　地上から飛びたって、
ふたたび　大地に別れを告げよう。
雨風凌（しの）げぬあばら家に
母を置き去りにするのは辛い。
だが　もっと惨めなのは
涙と襤褸（ぼろ）を見ることだ。
わたしは空を翔んで行く。風が吹き、

目の前に　白い雪が姿を現す。*
見渡すかぎり　森と沼地。
霧、また霧、無人の曠野。
人影はなく、人間の
恐ろしい足跡さえ　見当たらない。
敵とも、味方とも、おさらばだ。
客になることは　もうないだろう！
　酒を飲むなり、宴を開くなりしたまえ。
わたしには　もう　聞こえない。
独りきりで　永遠に
雪に埋もれて　夜を過ごそう。
涙や血で濡れていない
そんな土地のあることに
きみたちが　気づくまで。
わたしは　ひと休みすることにしよう……

ひと休みしよう……おや、聞こえる、
地の底から　鎖の触れあう音が。
目を凝らすと……
なんと、全身泥まみれの人たちだ！
きみたちは　どこから連れてこられたのか？
何をしているのか？
何を探しているのか、地の底で？
でも、おそらく、空の上にも
わたしが身を隠す場所はないだろう！
どんな罪で
わたしは罰せられるのか？
わたしは　誰を不幸にしたか？
誰の重い手が　鉄を鍛えるように
肉体の中の魂を打ち、
こころに火を点けるのか、

そしてこころの想い*を
カラスのように解き放つのか？
なぜ　罰せられるのか、
こんなにも　ひどく罰せられるのか！
いつになったら償いを終えるのか、
いつまで待ち続ければいいのか、
わたしは知らない、わかりもしない！

突然　荒野が揺れ動いた。
まるで　窮屈な柩（ひつぎ）の中から
最期の審判の法廷に立つために
死人が起きあがるように。
　だが、死人ではなく、殺されてもいない、
　最期の審判に呼びだされたのでもない！
　死人ではなく、生きた人間、

鎖に繋がれた人間だ。
穴の中から　金を運びだしている。
飽くことを知らぬ人間の
喉に注ぎ込むために！
この罪人(つみびと)たちは　なんの咎(とが)で？
それを知るのは　全能の神だけだ……
いや、ひょっとしたら、神も知らないかもしれぬ。

　あそこに　烙印を押され、
鎖を引きずった　罪人がいる。
ほら　刑罰の傷跡も生々しい
強盗が　歯ぎしりして、
生き残った仲間を
斬り殺そうとしている！
彼ら、烙印を押された者たちに交じって

鎖に繋がれた　全世界のツァーリ*がいる！
烙印の冠を戴いた　自由のツァーリがいる！
苦痛にも、苦役にも憐れみを乞わず、
泣きもせず、呻(うめ)きもしない！
ひとたび善によって暖められたこころは
永遠に冷えることはない！

おまえのこころの想い、おまえの薔薇(ばら)色の花たち、
大切に育てられ、誰からも愛される勇敢な子どもたちを
おまえは　誰の手に委ねたのか？
もしや、こころの中に永遠に封じこめてしまったのではないだろうか？
お願いだ、兄弟よ！　隠さないでくれ！　四方八方にまき散らし、
彼らを解き放ち、育て上げ、人びとのところに送り届けておくれ！

この苦痛はまだ続くのか？　もう十分か？

もう十分だ、十分だ。とても寒い。
厳しい寒さで理性が目覚める。

わたしはふたたび空を翔ぶ。大地は黒ずんでいる。
　理性は夢の中、こころは萎（な）える。
目を凝らすと、道沿いに家が立ち並び、
おびただしい数の教会のある都市（まち）*がいくつも見える。
都市では　兵士たちが
鶴のような格好で　教練を始めた。
十分な食事を与えられ、服を着せられ、
鎖までつけられて、
教練を始めている……遠くに目を遣（や）ると、
谷間の　穴のようなところ、
沼地の上に　都市が現れた。
都市には　黒雲がたれこめ、

深い霧に覆われている……近づいてみると——
　そこは　果てしなく広い都市。
　　トルコの都市か、
　　ドイツの都市か、
いや、ひょっとしたら、これはロシアの都市。
　たくさんの教会と宮殿、
　それに太鼓腹の旦那衆、
民家は一軒も見当たらない。

黄昏(たそがれ)が迫ると……つぎつぎに灯火(あかり)がともされ、
あたり一面輝き始める。
わたしは恐怖におののいた……「ウラー！[*]　ウラー！
ウラー！」という叫び声があがる。
「いったい　どうしたんだ！　気はたしかか？
なにを　喜んでるんだ！

なんで舞い上がってるんだ？」

「とんだ田舎ものだ！　パレードを知らないとは。ここでパレードがあるのさ！　今日は皇帝陛下＊みずから　お出ましになるのさ！」

「そうか、そのお方はどこにいなさるかね？」

「ほら、あそこ、宮殿の中だよ。」

宮殿に向かって突っ走るわたし。

ありがたいことに、安っぽい錫（すず）のボタンの役人がわたしが同郷人だと気づいてくれた。

「出身はどこだ？」

「ウクライナです。」

――「そうか、それできみはここのことばが喋れないんだね？」

「いいえ、喋れますよ、けど、喋りたくないんですよ。」

「おかしな奴だな……

俺は入り口を全部知ってるよ、
ここに勤めているから。
おまえさんが宮殿に入りたいなら、
入れてやるよ。だけど、なあ、兄弟、
俺たちは　教養ある人種だ——
五十コペイカ*をケチっちゃいけないよ……」
ちぇっ、なんという下司野郎だ……
わたしはもう一度
見つからないよう　こっそりと
宮殿の中に入りこんだ。
おや、まあ、なんと驚いた！
ここはまるで天国だ。
上から下まで　金ピカの衣装の
胡麻すりたちが控えている。
おや　背の高い、

イライラした様子の
皇帝陛下のお出ましだ。
かたわらには　哀れな皇妃*。
干からびたキノコのように
痩せこけて　脚の長いその人は、
気の毒なことに、
たえず頭を揺り動かしている。
これが　かの女神とは！
なんと不幸せな女（ひと）だろう。
わたしは　ほんとうに馬鹿だった。
一度も　おまえさん、お人形さんを
見たことがなかったのに、
豚面の　お抱え詩人を信じたことだ。
なんと愚かだったんだろう！
何よりも打ちのめされたのは、

紙きれ*だけでロシア人を信じたことだ。
読んでみたまえ、その上で信じるならそれもいい！
神々(こうごう)しい二人の後に　貴族たちが続く……
金銀で飾り立て　肥えた牡豚のように
醜い顔の貴族たちが
ぞろぞろと　ついてまわる。
押しあい、へしあい、汗だくで！……
両陛下に　少しでも近づこうとして。
ひょっとしたら、殴られたいのか、
あるいは侮辱を賜りたいのかもしれない。
ほんの少しの侮辱でも。
ただただ陛下の鼻先に
まかり出るために。
全員が　列をなして立っている。
まるで　唖(おし)のように――一言も発しないで。

ツァーリが　くせのある発音で喋っている。
奇跡の皇妃はといえば、
鳥の群れに交じった鷺(さぎ)のように
跳びはね、はしゃぐ。
かなりの間　尊大なふくろうのように
二人は　行きつ戻りつしながら、
何事か　小声で話していた。
――遠くて聞こえないが――
たぶん、祖国のこととか、
新しい制服のこととか、
最新式の教練のことについてだろう！……
そのあと　皇妃は口をつぐみ、
小さな椅子に腰かけた。
見ると、ツァーリは一番の長老に近づくや、
いきなり　鼻面にパンチを食らわせた！……

哀れな被害者は　唇を舐めて、
位が下の長老の腹に　パンチを食らわせ、
その長老は　年下の長老の背中に
一発食らわせた。
年下の長老は　若い役人の一人に。
すると　その役人は
宮殿の外に跳びだしたかと思うと、
いくつもの通りを駆け抜けて、
まだ受難していない
正教徒たちをいたぶり始めた。
正教徒たちは大声で叫んでいる。
喚き、吠えたてる。
「父なる皇帝のお出ましだ、お出ましだ！
ウラー！　ウラー！　ウラ〜ア、ア、ア、ア……」
わたしは吹き出し、笑いがとまらなかった。

この騒動に　わたしも巻き込まれた。
明け方近くになり、ようやく
みんな　眠りについた。
だが　あちこちで、正教徒たちが
呻き声をあげている。呻き声をあげながら、
父なる皇帝のために　神に祈りを捧げている。
笑いと涙の渦！
わたしは町の見物に出かけた。
夜なのに、真昼のよう。
静かな河畔*のそこここに
たくさんの宮殿が立ち並ぶ。
岸辺は一面　石で覆われている。
現実とは思えない光景に
わたしは目を瞠（みは）る！
どうやって　こんな沼地から

奇跡のようなことが
成し遂げられたのか？
まさに　この場所で　刃物によらずに
大量の血が流されたのだ。
川向こうには　要塞と尖塔。
錐のように　尖っている。
なんという奇妙な光景だろう。
そして　尖塔の時計が時を刻む。
振り向くと――
駿馬が　大空を駆けている、
蹄で岩を蹴って！
馬上には　鞍もつけずに　一人の男が
マントを羽織っているのかいないのか、
帽子もかぶらず　坐っている、
なにかの葉を冠のように頭に載せて。

馬はギャロップで駆け、
今　まさに川を飛び越えようとするところだ、
全世界をその手でつかみ取ろうと欲するかのように。
いったい　彼は何者か？
岩に文字が刻んである。
読んでみると、
一世*へ　二世*より、と。
ああ、そうか、合点がいった。
一世とは　わがウクライナを
磔にした　あの一世だ。
二世とは　身寄りのない寡婦を
完膚なきまでに破滅させた　あの二世だ！
死刑執行人だ！　食人鬼どもだ！
両人とも　たらふく食べた。
十分　盗んだ。その上　何を

あの世に持ち去ったのか？
わたしは　とても辛くなった。
わがウクライナの歴史を
ひもといているようで。
立ちつくし　気が遠くなる……
そのとき　沈んだ歌声が
かすかに、かすかに、聞こえてきた。
目には見えないけれど　誰か歌っているようだ。

「フルーヒウ*の町から
シャベルをかついだ連隊が
前線に　進軍した。
わたしは　ヘトマン代理*として
コザークとともに
首都に　派遣された！

ああ、わが憐れみ深き神よ！
おお、厭うべきツァーリ、
極悪非道のツァーリよ、
貪欲な悪人よ！
おまえは　コザークたちに何をしたのか？
尊い骨で　沼地を埋めたてた。
責め苛まれて殺された
彼らの屍（しかばね）の上に
首都を建設したのだ！
真っ暗闇の中で
わが自由なるヘトマンを
飢えで苦しめ、鎖で縛りつけて。
おお、ツァーリよ、ツァーリよ！
神が　われらをおまえから
切り離すことはないだろう。

鎖によって　永遠に
われらと繋がれるのだ。
ネヴァのほとりにとどまるのは辛い。
ウクライナは　はるか遠くにあり、
もはや　滅びているかもしれない。
翔んで行き、ひと目でも見ることができるなら。
だが、神はそれをお許しにならない。
もしかしたら　ロシアによって焼きつくされ、
ドニプロは青い海へと押し流され、
われらの栄光のしるしである高き墳墓（モヒラ）は
掘り返されてしまったかもしれない。
愛しき神よ、どうか憐れみたまえ。」
ふたたび静寂が訪れた。見ると、
灰色の空は白い雲に覆われている。
雲の中では、森の野獣の

吠えるような声が聞こえる。
いや、それは雲ではなく、
白い小鳥が、雲のように群れをなして、
あのブロンズのツァーリの頭上で
嘆きの歌を歌い始めたのだった。
「われらは　鎖でおまえと繋がれている。
食人鬼！　邪悪な蛇！
最期の審判のとき、
おまえの貪欲な眼（まなこ）から
われらは　神を隠すだろう。
おまえは　われらをウクライナから
着るものも　食べるものも与えずに
異国の雪の中に　追い立てて
斬り殺した。それればかりか、
われらの皮膚を　われらの血管で縫いあげて

自分のために紫の法衣を仕立て、
新しい湿地に　首都を置いたのだ。
見たまえ、おびただしい数の
教会と宮殿を！
浮かれ楽しめ、残忍な死刑執行人よ、
永遠に呪われし者よ！」

小鳥たちは散り散りに飛び去り、姿を消した。
陽が昇った。
わたしは驚きに打たれて、立ちつくす。
そして　そら恐ろしくなった。
貧しい人びとは　早くも動き始め、
仕事へと急いでいる。
兵士たちは広場で
もう教練を始めている。

眠たげな眼の娘たちが
道端を急ぎ足で歩いている。
家からではなく、家に向かって！
パン代を稼ぐために、
母親に命じられて、
夜通し　働かされたのだ。
わたしは　うなだれて立ちつくす。
人びとが　日々の糧を得ることの
いかに難儀であるのかを
思わずにはいられなかった。
ほら、男たちが元老院に急いでいる。
署名をしたり、
書類を書いたり、
父や兄弟からむしり取ったりするために。
その中に　同郷人たちの姿も

ちらほら　見える。
ロシア語で　ぎすぎすした物言いをし、
子どもの時に　ドイツ語を
勉強させてくれなかったと言って、
父親を嘲笑(あざわら)い、非難している。
——それで今は、しがない書記として
働いているというわけだ！
寄生虫ども！　ウジ虫ども！
おまえがロシア語をものにする前に、
父親は　牝牛の最後の一頭を
ユダヤ人に売り払ったかもしれないというのに！
ああ、ウクライナよ！　ウクライナよ！
これがおまえの子どもたちだ。
ロシアの黒いインクで汚された
おまえの若い花たちだ。

ドイツの温水に浸り、
ロシアの毒草によって
台無しにされてしまった！
ウクライナよ、哭け！　子どもを亡くした母よ！

さて、もう一度　宮殿の
ツァーリの様子を見に行こう。
そこで何が起こっているか。中に入ると、
豚のような顔をした長老たちが
一列に並んで
荒い息を吐き、鼻を鳴らしながら、
七面鳥のように突っ立って、
横目でドアを見つめている。
そしてついに、ドアが開いた。
ねぐらから這いだした熊のように、

そろり　そろりと
足を運ぶ。
身体はむくみ、どす黒い顔をして、
いまいましい二日酔いに苦しめられている。
長老たちを
大声で怒鳴りつけると――
太鼓腹たちは　一人残らず
地中の穴に吸い込まれた！
ツァーリがかっと眼を剝(む)くや、
残りの者全員が
ぶるぶる震えだした。
狂ったように下級の者を怒鳴りつけたら、
皆　地にもぐった。
さらに下級の者たちも
消えて　いなくなった！

彼が　召使たちに向かうと――
召使たちも見えなくなった。
兵士たちに向かうと――
兵士たちは　呻き声をあげたきり、
地にもぐってしまった。
なんと不思議なことが
この世には起こるのだろう。
このあと　なにが起こるのか、
われらが熊はなにをするのだろう！
わたしは　じっと見つめる。
哀れな男は
うなだれたまま　突っ立っている。
熊の本性はどこに消えた？
まるで　猫だ。なんと滑稽なことよ。
わたしは　笑い声をあげた。

彼は　聞きとがめて、唸（うな）り始めた。
わたしは　恐怖にかられた、
そこで　目が覚めた。こんな
不思議な夢を　わたしは見た。
なんと奇妙な夢だろう！
こんなおかしな夢を見るのは
頭の変な人間か、酔っ払いだけだ。
驚かないでくれたまえ、
わたしがきみたちに話したのは
自分のことではなく、
夢の中のことなのだから。

一八四四年七月八日　サンクト・ペテルブルク

Сон（*Комедія*）

ゴーゴリに*

想いは　群れをなして飛び来たり、消え去る。
あるものは　こころを締めつけ、あるものは引き裂く。
また　あるものは　こころの中で　声忍ばせて
ひそやかに涙を流す。神には　見えないのかもしれない。
　誰に　それを見せたら良いのだろう。
誰が　そのことばを
大いなることばを
理解し　喜んで迎えてくれるだろう。
誰も皆　耳をふさぎ――うなだれる、
鎖につながれて……それはどうでもいい……

偉大なる　わが友よ、
きみは笑い、わたしは泣く。
嘆きから　何が生まれるだろう?
雑草だけだ、兄弟よ。
ウクライナには
自由の大砲は　轟かない。
ウクライナの栄光と名誉のために、
同胞への愛のために、
ウクライナの自由のために、
父は　息子を殺しはしない。
殺さずに　大切に育てあげ、
ロシアの軍隊に送りだす。
これは、祖国の帝冠と
ドイツ人に対する
貧しい寡婦の支払いなのだろう。

友よ、そうさせるほかない。
わたしたちは笑い、そして　泣こう。

一八四四年十二月三十日　サンクト・ペテルブルク

Гоголю

偉大なる地下納骨堂（神秘劇）

あなたは私たちを国々の中で物笑いの種とし、民の中で笑い者とされるのです。
私の前には、一日中、はずかしめがあって、私の顔の恥が私をおおってしまいました。

詩篇　四十三章　十四、十五節*

三つの魂

ひらひらと舞う雪のように　三羽の小鳥が

スボーチウ村を越えて翔(と)んで来て
古い教会の屋根の　傾いた十字架の上に羽根を休めました。
「神さま　どうかお許しください。
わたしたちは今はもう、人間ではなく霊魂なのですから。
ここからは　あの納骨堂を掘り返す様子が
よく見えるでしょうから。
もし人びとが早く掘りあげたなら、
そのときは　わたしたちも天国に入ることを許されるかもしれません。
なぜなら神さまは　ペテロにこう言われたのですから。
〈そのときは彼女らを天国に入れてやりなさい。
モスカーリ*がすべてを奪い去り、
偉大なる地下納骨堂を掘り尽くすときに〉」

1

昔　人間だったとき、

わたしはプリーシャと呼ばれていたの。
この地で生まれ
この地で育ちました。
この教会の墓地で友だちと遊んだり、
歩きまわったりしました。
ヘトマンの息子のユーリィ*と
鬼ごっこをして遊びました。
そんなときには、ヘトマンのおかみさんが出てきて、
前庭にある小屋に　わたしたちを呼び入れて、
イチジクの実やレーズンなど
ありったけのものをわたしに与えて
両腕でわたしを抱きあげてくれました。
チヒリンからヘトマンと一緒に
お客様たちが来ると
わたしが呼ばれたものでした。

わたしにきれいな服を着せ、靴を履かせて
ヘトマンはわたしの手を取り、
抱きあげて　キスをする。
スボーチウでわたしはこんなふうに
育ち、成長しました。
花のように美しい少女になりました。
誰もがわたしを愛し、喜んで迎えてくれました。
わたしは誰にたいしても
ひとことも　悪口を言わなかった。
それはそれは美しい
黒い眉の乙女になりました。
若者は皆　わたしを嫁にほしがって
仲人を頼んでいました。
わたしもそれがわかっていて
ルシニクも織りあげてありました。

まさにそんなときでした。事件が起こり、
大きな災難に巻きこまれたのは。
キリスト降誕節の
当日の日曜日　早朝に
水汲みに　駆けていきました。
その井戸は今はもう
泥に覆われ　枯れてしまったけれど。
わたしは跳ぶように走りました！
ヘトマンと長老たちの姿が見えました。
わたしは水桶を手に提げて*
道の真ん中を横切ったの。
わたしはそのとき　知らなかった。
モスクワ*と誓約を結ぶために
ヘトマンがペレヤスラウ*に
向かうところだったとは。

やっとのことで　家まで水を
運んだけれど、その桶を
どうしてこわしてしまわなかったのか！
お父さんも　お母さんも　自分も　兄弟も
飼ってた犬まで
呪われた水で　命を落とした！
姉妹たち、これが　わたしが罰を受けている理由、
わたしが天国に入れない理由なの。

2

わたしが天国に入れないのは、
姉妹たち、
こういうわけなの。
モスクワのツァーリ＊が
ポルタヴァ＊からモスクワへ帰る途中

バトゥーリン*に立ち寄ったときに
わたしがツァーリの馬に　水を飲ませたからなの。
そのとき　わたしは　ほんの子どもでした。
聖なる町バトゥーリンを　真夜中に
ロシアの軍隊が焼き払った。
チェチェーリ*は殺され、
老いも若きも　セイム*の水底に沈められた。
わたしはマゼパ*の宮殿の中で
たくさんの屍体とともに　打ち捨てられていた。
わたしのそばには
姉さんと母さんが
抱きあったまま殺されて、
わたしと一緒に　ころがされていた。
と、そのとき　思いきり強い力で
わたしは母さんから

引き離された。
わたしも殺して、と
ロシア軍の大尉に
どれほど哀願したことか。
だけど　わたしは殺されず、
若い兵士たちの慰みのために差しだされた。
焼け跡に　わたしはやっと
隠れ家を見つけた。
バトゥーリンには　小さな小屋が一軒
焼け残っていた！
その小屋に
ポルタヴァの闘いから帰還する
ツァーリの寝所が用意された。
水汲みに行ったわたしが
小屋に帰り着いたとき、

彼がわたしの腕をつかんで、
馬に水をやってくれ、と言いつけた。
それでわたしは馬に　たっぷり水を飲ませたの！
わたしは知らなかった、
わたしが　どれほど罪深いことをしたのかを！
なんとか小屋に帰り着き、
敷居の上で息絶えた。
その翌日　ツァーリが出立した後に
わたしは葬られた。
あの火事を生き延びて
屋根のない小屋に
わたしを招き入れてくれた
おばあさんも
そのつぎの日に死を迎え、
小屋の中で死臭を放った。

バトゥーリンには　もう誰も
葬ってくれる人はいなかった。
小屋は打ち捨てられ、
梁（はり）は音を立てて崩れ落ち、
燃えつきて　炭になった！
そしてわたしは　今もなお
渓谷や　コザークの草原（ステップ）の上を
翔びまわっているの！
どうして罰を受けるのか、
わたしには　今もってわからないの！
わたしが誰にたいしても親切で
みんなを喜ばせようとしたからかもしれない……
ロシアのツァーリの馬にまで
水を飲ませたからかもしれない……

3

わたしはカニウ*で生まれたの。
まだことばもしゃべれない赤ん坊のころ、
襁褓（おむつ）にくるまれて
母さんの腕に抱かれていた。
ちょうどそのとき、エカチェリーナ女帝*が
ドニプロを船で下って　カニウにやってきたの。
わたしは母さんと一緒に
丘の樫（かし）の林の中に坐っていた。
わたしが泣きだしたの。
おなかが空いたのかもしれない、
赤ん坊で　ひょっとしたら
どこか痛かったのかもしれない。
母さんは　わたしをあやそうと
ドニプロを見やり、

立派な御殿のような
金色のガレー船*を指さしたの。
船上には　貴族、廷臣、
地方の役人たち……彼らに取り巻かれて
女帝が腰を下ろしていた。
女帝を見て、にこっと笑った……
その瞬間に　わたしは息絶えた。
そして母さんも死に　わたしたちは
一緒の墓に葬られた！
こういうわけなのよ、姉妹たち、いまだに
わたしが罰を受け続けているのは。
どうしてわたしは
許されないのでしょう。
襁褓もとれないわたしは
あの女帝が

ウクライナの残忍な敵、
飢えた雌狼とわかるわけもなかったのに！
教えてちょうだい　姉妹たち、どうしてなの？

「日が暮れてきたわ。チュータの森*で
夜を過ごしましょう。
あそこなら　なにか起こっても
聞こえるでしょうから。」
雪のように白い鳥たちは
森を目指して飛んで行き、
一本の樫の木に羽根を休めた。
ここで夜を明かすために。

三羽のカラス*

1

盗んだ！　盗んだ！　盗んだ！
ボフダンは財宝を盗んだ！
　その財宝をキーウに運び、
　悪人どもに売り渡した、
盗んだその財宝を。

2

わたしは　パリにいたときに
ラジビルとポトツキ*と一緒に
金貨三枚分を飲んでしまったわ。

3

　悪魔が橋をわたってる。
山羊（やぎ）が川を越えている。

良くないことが起きそうだ、起きそうだ……

口々に叫びながら　三方から
カラスが翔んで来て　灯台の上に止まった。
森に囲まれた山の上の灯台に
三羽そろって羽根を休めた。
寒さから身を守ろうとするように　羽根を膨らませ、
互いにじろじろ凝視めあっていた。
まるで　三人の姉妹が
嫁にも行かず　年老いて
苔に覆われてしまったという風情で。

1

あれはあんたのもの、そしてこれはあんたのもの。
わたしはシベリアまで翔んで

一人のデカブリスト*から　胆汁を少しばかり
盗んでやったのさ。だからこうして
断食のあとの備えがあるのよ！
ところで　あんたのロシアには
何か食べるものはある？
それとも　残念なことに　もう何もないの？

3
あるわよ……たくさんね。
一本の道を作るための
三つの法令*が出されたわ。

1
どんな道？　線路のある？
もう出来上がっているじゃないの……

3

そうよ　一露里＊ごとに
六千人の犠牲者を出してね……

1

嘘おっしゃい、たったの五千人でしょ。
それも　コルフ公爵＊のしたことじゃないの。
他人の仕事を
自慢するなんて！
頭空っぽの　お馬鹿さん……
ところで、高貴なマダム、
あなたはパリで宴会を開いた、ですって？
なんて醜く　穢らわしいことでしょう！
自分の国の領主の血を

川の水のように流させて
シベリアに追いやるなんて。あり得ないわ。
もう十分横柄にふるまった。
高慢ちきな孔雀（くじゃく）のようにね……

2および3

それじゃ　あなたは何をしたの？

1

お黙り！　わたしに訊こうっていうの？
あんたたちが生まれるずっと前から
ここで酒場をやっていて、
血も流れたさ！
カラムジン*を読めば、
どんなだったか　わかるよ！

それに　わたしたちがここで何者だったか、もね。
ひよっこは　引っ込んでなさい！
まだ　毛の生えそろわない
半人前の出来損ないのくせに！

2

なんて気難しい人でしょう！
明け方まで飲んだくれたら
そんなに早く起きられないわ……
きっと寝過ごすに違いないわ！

1

もしわたしがいなかったら、あんたは
カトリックの神父と酒盛りをしたとでもいうの？
能なしのくせに！　わたしは王もろとも

ポーランドを焼きつくしてやったのよ。
おしゃべりのあんたと一緒なら、
ポーランドはまだ生き延びていたでしょうよ。
自由の戦士コザークを
わたしはどんなふうに扱ったと思う？
彼らを誰に貸し出さなかったと思う？
誰に売り渡さなかったと思う？
生きている人間、この上なく不運な人間を！
ほとんどすべての人間を
ボフダンもろとも葬ったと思った。
ところが　悪漢どもは生き返り、
スウェーデンの侵略者*と結託した……
そんなことが起きてしまった！
思いだすのも胸糞悪い……
バトゥーリンを焼き払い、

ロムニ*でスーラ川を
コザークの長老たちの遺体で
堰(せ)き止めた。
つぎに　ふつうのコザークの
兵士たちの遺体を
フィンランド中にまき散らした。
一塊にして　オレル川を　堰き止めた……
ラドガ湖に
つぎからつぎへと遺骸を投げ込み*、
女帝のために沼が埋められた。
そして　聖ポルボトク*は
牢獄で首を絞められた。
あの聖なるポルボトクが！
身の毛のよだつような地獄だった。
ルジャベツの聖母*は

真夜中にとめどなく涙を流し続けた。

3

そして　わたしは生き延びた。
タタールと一緒に*引っかきまわし、
独裁者*とともに　飲んで騒ぎ、
ピョートル*と飲んだくれて
挙句にドイツに売り渡したのよ……

1

そうね、あんたはうまくやったわ。
ロシア人どもを
　ドイツの鎖で縛りあげた――
　ベッドで高鼾（たかいびき）ね。
わたしはというと、人びとが探している

敵を知っているのよ。
もう牢獄に追いこんでやったわ。
貴族の恐ろしい力に
制服を着せて
シラミのように繁殖させてやった。
全員　貴族の私生児さ！
奴らの狂ったシーチ*は
ユダヤ人でいっぱいだ。
それにロシア人も　かなりの数で
ぬくぬくと手を温めている！
　猛々しい性格のわたしでさえ
ロシア人がウクライナで
コザークたちにしたことを
とても真似はできないわ。
こんな法令を出したのよ。

「神のお慈悲により、
汝らはわれらのもの、すべてはわれらのものである。
良きものも、悪しきものも！」
今では　墳墓（モヒラ）の中に
〈古代の記念物〉とやらを
探し始めている。家の中には
もう　奪うものが何もないから。
価値あるものは　すべて奪いつくしたから。
悪魔は知っている、
なぜ彼らが　この汚れた納骨堂を
急いで発掘しているのかを。
ほんの少しでも遅れたら、
納骨堂は崩れ落ちてしまうだろうから……
だから　ふたつの廃墟を同時に発掘するのよ、
『蜜蜂』*にそう書いてあったわ……

2および3
どうしてわたしたちを呼びつけたの？
納骨堂を見るためなの？

1
そう、納骨堂を見るために。そして、今夜起こる
ふたつの奇跡を見るために。
今夜　ウクライナに
双子が生まれるのよ。
一人は　あのゴンタ*のように
刑吏どもを
責め苛むでしょう！
もう一人は……ほら、わたしたちと同類、
刑吏の手助けをしているわ！

わたしたちはお腹(なか)にいるときから
定められていたのよ。
だけどわたしにはわかっているわ、
あのゴンタが成長して
わたしたちの仲間がみんな滅びるということが！
良きことすべてを取り戻し、
兄弟を見捨てることはないでしょう！
そしてウクライナ中に
真実と自由が解き放たれるでしょう！
姉妹たち、こんなふうに
事が運んでいくのよ。
刑吏にも　あらゆる善人にも
鎖が用意されるのよ！

2
わたしは　彼の両眼に
金を流し込んでやるわ！

1
いいえ、あんな呪うべき人非人には
金はふさわしくないわ。

3
わたしはツァーリのやり方で
彼の腕を締めあげてやる。

2
わたしは世界中から
悪と苦悩を集めてやる！

1

いいえ、姉妹たち、それは必要ないの。
人びとが　盲（めしい）であるうちは、
彼を葬らなければならないの。
さもないと災難が起こるでしょう！
ほら、ごらんなさい、キーウの空に
ほうき星が尾を引いて流れ、
ドニプロやチャスミン川*の岸辺が
揺れ始めたでしょう？
チヒリンにある山やまが
唸（うな）り始めたのが　聞こえるでしょう？
おお！　ウクライナ中が
笑い、そして涙を流しているのよ！
双子が生まれ、

二人とも　イヴァンと呼ぶようにと
気の狂(ふ)れた母は喚(わめ)いている。
さあ、行きましょう！
——三羽のカラスは飛び立った。飛びながら歌っている。

1

わたしたちのイヴァンが　ドニプロを
リマン*目指して　漕ぎ進む。
　妻とともに。

2

わたしたちの猛犬が走る、
ガラガラヘビを食うために。
　わたしたちとともに。

3

望むなら　地獄目指して
飛ぶのよ、まっしぐらに。
　矢のごとく。

三人の竪琴弾き

一人目は盲目、二人目は脚が不自由、
三人目は背中がこぶのよう。
スボーチウにやってきた。人びとに
ボフダンのことを　歌い聴かせるため。

1

カラスたちは語り終えて、
もうその場所に坐っている、

ロシア人がカラスたちのために
用意したような　止まり木に。

2

カラスのためでなければ　いったい誰のため？
人間が星を見るために
そんなところに　坐るわけないだろう？

1

その通り。
だけどロシア人か　ドイツ人が
坐るかもしれないよ。
そこでロシア人か　ドイツ人が
おいしいパンを　見つけるかもしれないさ。

3

おまえさんたち　なにをつまらないことをしゃべってるんだい？
どんなカラスがいるって？
それに　ロシア人が坐っているって？
神よ　許したまえ！
だけどひょっとしたら、ロシア人をもっと
殖やしたいからかもしれない。
ツァーリは世界中を
捕虜にしたいと考えているそうだから。

2

あり得るな！　だけど悪魔が
彼らを山の上に坐らせたのはなんのため？
もし這い登ったら、
雲にも届くような

あんな山の頂に……

3

それはこういうわけなのさ。
洪水が起こったら、
旦那衆はあそこに登り、
百姓たちが溺れるのを
見物するためさ。

1

おまえさんたちは道理をわきまえているが、
本当のことは何もわかっちゃいないのさ。
あの人形をあそこに据えたのは
こういうわけなのさ。つまり、
人びとがチャスミン川から水を盗んで

川向こうの荒れた砂漠の地を
耕すことのないよう　見張るためなのさ。

2

くだらないことを！
才覚もないくせに　法螺（ほら）を吹くんじゃないよ。
さて、楡（にれ）の木陰に
腰を下ろして
ひと休みしようじゃないか。
俺のザックの中に
パンが二切れ残っているから、
夜明け前の朝食に
ちょうどいい。
――三人は腰を下ろした……さて今日は
誰がボフダンのことを歌うかな？

3

俺が歌おう。ヤシイ*について、
黄色い水*について、
そしてベレステチコ*の町について。

2

おあつらえ向きに
今日は大勢　人が集まってくる！
納骨堂の近くで　市が開かれる。
人でいっぱいだ。
それに旦那衆は　ほとんどいない。
俺らは食べ物にありつけるだろう！
さあ、歌おうじゃないか！
リハーサルしよう……

1

おやおや　ご立派！
横になって　ひと眠りしようじゃないか。
一日は長いんだから。
それから歌えばいいいんだよ。

3

おいらからも一言。
お祈りして　それから眠ろう。

三人の乞食は楡の木陰で眠りについた。
太陽はまだ昇らないし、小鳥も囀（さえず）らない。
だが　納骨堂のそばでは　人びとはもう起きだして、
発掘を始めていた。

一日掘り、二日掘り、
三日目には
石の壁まで　掘り進み、
人びとはしばし　休息をとる。
見張りの兵士が配置された。
郡警察署長が長官に使いを送り、
チヒリンには　誰も
入らせないようにと依頼した。
醜男の長官が到着した。
視察して　こう言い放った。
「納骨堂のアーチを壊さにゃなるまい。
それが一番確実な方法だ……」　納骨堂が壊された。
人びとは腰を抜かした！
納骨堂には　何体もの骸骨が横たわっていた。

太陽を見て
にやりと笑ったように見えた。
これがボフダンの残した宝だ！
陶器のかけら、腐った飼葉桶、
そして　鎖につながれた何体もの骸骨！
もし軍服を着ていたら、
もっと役に立ったことだろう。
骸骨は　にやりと笑った。
警察署長は　ほとんど口もきけなかった！

盗るものは　何もなかった。
それでも彼は　骨折り続けた！
昼も夜も　飽くことなく　探し続けた。
とうとう　頭がおかしくなった。
ここで今　ボフダンが

警察署長と出遭ったなら、
すぐさま署長を軍隊に送り、
どんなに馬鹿げたことをしているか
わからせてやっただろうに。
署長は狂ったように走りまわる。
ヤレメンコ*の顔を殴りつけ、
居合わせた人すべてに
ロシア語で怒鳴り散らす。
われらが老人たちにさえ　襲いかかる。
「おい、詐欺師ども、なにをしているんだ?」
「旦那さま、ごらんのとおりでございます。
ボフダンのことを歌っているんでございますよ……」
「ボフダンなんか　おまえらにくれてやるわ!
こそ泥のごくつぶしめ!
おまえらは　そんなペテン師について

歌なんか　でっち上げたのか！」
「旦那さま　わたしらは教わったのでございますよ……」
「わしがおまえらに教えてくれるわ！　こいつらを打ちのめせ！」
彼らは捕まえられて　叩きのめされ――
ロシア式の　冷水の風呂に
投げ込まれた。
かくして　ボフダンの物語が
彼らに歌われるようになったというわけだ！
ロシアは　スボーチウの
小さな納骨堂を掘り起こした！
だが　偉大なる地下納骨堂は
まだ掘り起こされていない。

　　スボーチウに聳（そび）える
高い山の上に

広く　深い
ウクライナの柩（ひつぎ）がある。
これこそ　ボフダンの教会だ。
その場所で　彼は祈りを捧げた。
ロシア人が　幸運も不運も
コザークと分かちあうようにと。
ボフダンの霊よ、安らかなれ！
だが　そうは　ならなかった。
目にしたもの　すべてを
ロシア人どもは　わがものとした。
墳墓（モヒラ）を暴き、
金銀財宝を探し、
おまえの地下納骨堂を掘り返して
おまえを罵り、非難する、
骨折ったのに　宝が見つからないと！

ボフダンよ、こんな具合だ！
貧しく　身寄りのないウクライナを
おまえは破滅させてしまった！
だから　おまえはこんなふうに感謝されるのだ。
ウクライナの柩である教会を
誰も　元に戻すことはできない！
ここウクライナで、
まさにここで、自分だけでなく
ポーランド人の息の根も止めてしまった！
エカチェリーナの私生児たち*が
イナゴのように居座っている。

こんなふうだよ、ジノヴィイ、*
アレクセイ*の友人よ！
おまえは友人たちに　すべてを与えたが、

彼らにとって　どうでもいいことだったのだ。
ほら、彼らがこう言っているのが聞こえる、
すべてはわれらのものであった、と。
彼らは畑を耕すために
タタールとポーランドに　われらを
貸しだしただけだと。それが真実かもしれない。
それなら　それでいい。
よそものは　こう言って
ウクライナを　嘲笑(あざわら)う！
笑うな、よそものよ！
納骨堂である教会が
崩れ落ちて、その下から
ウクライナが立ちあがるだろう。
そして　隷属の闇を吹き払い、
真実の光が輝くだろう。

そして　奴隷の子らが
自由に祈りを捧げるだろう！

一八四五年十月二十一日　マリインスケ
Великий льох (*Містерія*)

ナイミチカ＊

プロローグ

安息日の夜明け前、
野は濃い霧に包まれた。
霧の中、塚（モヒラ）の上に
若妻風の女がひとり、
ポプラのように　うなだれていた。
何かを胸に抱きしめながら、
霧に語りかけている。

「霧よ、霧よ、
なんてみじめな運命でしょう！
この広い野の中、
なぜ　わたしを隠してはくれないの？
なぜ　わたしの息の根を止めて、
大地の中に　埋めてはくれないの？
なぜ　わたしの呪われた運命を
葬り去ってはくれないの？
いいえ、そんなことはしないで！
広い野のどこかにわたしを隠してほしいだけ。
わたしの不幸な運命を　誰にも知られないように、
誰にも見られないように。
わたしは　ひとりぼっちではないの。
お父さんもお母さんもいるのよ。
それに、霧よ、わたしには……

わたしの弟、霧よ！
わたしには子どもがいるの！　かわいい坊や、
まだ洗礼を受けていない息子が！
おまえに洗礼を受けさせてやれないのは
なんと辛いことでしょう。
誰か　よその人が　洗礼を受けさせてくれるでしょう。
おまえにどんな名がつけられるか、
わたしには　わからない。
わたしにはお金があったのに……
母を恨まないでおくれ。
空から　わたしは祈りましょう。
涙で幸運を贖って、
おまえのもとに送りましょう。」
霧の中に身を隠し、

涙にくれて　野を歩く。
か細い声で　歌うのは
夫を亡くした寡婦のこと。
息子たちを　どうやって
ドナイの*川に沈めたかを。

「野中に　塚（モヒラ）がありました。
ひとりの寡婦がやってきて
あちこち　彷徨（さまよ）い歩きます。
毒草を　探しているのです。
でも　毒草は見つからず、
双子の息子を産み落とした。
南京（なんきん）木綿*にふたりをくるみ、
ドナイの岸辺に連れてきた。

「静かな　静かなドナイの流れよ！
わたしの子どもたちをあやしておくれ。
黄色の砂よ、
わたしの子どもたちを育てておくれ。
子どもたちを引き取って、
子どもたちを安心させておくれ。
子どもたちをかくまっておくれ！」

I

おじいさんとおばあさんがおりました。
ずっと昔から、池のほとりの林の中、
農家で　暮らしておりました。
まるで　子どものように
ふたりは　いつも一緒でした。

幼いときから　ふたりして　羊の世話をしてました。
　やがてふたりは結婚し、
　家畜を買って、育てました。
まず家を、池と水車小屋も手に入れて、
　茂みの脇の果樹園で
たくさんの蜜蜂を飼いました――
　あらゆるものを手に入れたけど、
子宝にだけは　恵まれない、
鎌を手にした死神が　背後に迫っているというのに。

誰が夫婦の子どもとなり、
老いたふたりの世話をしてくれるのでしょう。
誰が別れを悲しんで、弔ってくれるのでしょう。
誰が魂の平安を祈ってくれるのでしょう。
誰が　幸せに暮らして、

財産をしっかり守り、
実の子どものように
ふたりを思い出し、感謝してくれるのでしょう？
雨露しのげぬあばら家で
子育てするのは　難儀なこと。
だが　もっと辛いのは
立派な御殿で
老いて　死に、
築き上げた財産が、
他人の手に、そしてその子らの手に渡り、
感謝もされずに浪費されること。

Ⅱ

おじいさんとおばあさんは　安息日に

白いシャツ*でおめかしをして
そろって　ベンチ*に腰掛けていた。
お日さまが輝き、空には
雲ひとつなく、あたりは静かで、
天国にいるように　心地よかった。
だが　こころには　暗い藪陰のけもののように
不幸せな気持ちが隠れていた。

こんな楽園のようなところで　老人たちは
何を思い患っているのだろう？
この家で　遠い昔に
何か不幸が起こったのだろうか？
過ぎ去った不幸が　この家で
ふたたび　動きだしたのだろうか？
それとも何か　新しい不幸が

この楽園に　火を点けたのだろうか？

なぜ　老人たちは　そんなに悲しげな様子をしているのか、
わたしにはわからない。ひょっとして、ふたりは
神のみもとに旅立とうとしているのだろうか。
それなら　はるかな旅路のために
誰が仔馬に手綱をつけてくれるのだろう？

「のう、ナースチャや、わしらが死んだら、
誰が　葬式を出してくれるのだろう？」
「わたしにも　わかりません！
そのことを考えるたびに
いつもこころが沈み、
胸が締めつけられるの……
わたしたちの財産を

誰に継がせればいいのかしら?……」
　「ちょっと待って!
聞こえないかい?　なにか泣いているようだ、
門の外で……赤ん坊のようだ!
ちょっと、行ってみよう!
きっと　なにかが起きたんだ!」

ふたりは同時に跳びあがり、
門に向かって……駆けだした――
ことばもなく　立ちつくす。
門口には、なんと　赤ん坊が
襁褓(おむつ)にくるまれ　寝かされている――
　襁褓はきつく締めつけず、
　真新しい上着を着せられて。
　母親が着せたのだろう、

夏なのに
一番上等の上着に身を包んで！
老人たちは　目を瞠り、
神に祈りを捧げるのだった。
赤ん坊は　訴えるように、
ふたりに向かって
小さな両手を差しだした……
やがて　泣き声が小さくなり、
静かになった。
どうやら　泣き止んだらしく、
しゃくりあげる声に変わった。
　「どうだい、ナースチャ？
言っただろう！　見たかい？
なんということだ、なんという幸運なんだろう！
わしらはもう　ふたりきりじゃないんだ。

連れて行って　襁褓を替えておやり……
なんと思いがけないことだろう！
中に入れておやり。わしは馬で
ホローディシチェ*の町まで　ひとっ走り、
教父教母様たちを迎えに行ってこよう……」

こんな不思議なことが
わしらの身に起きるとは！
ある者は　息子を罵って
家から追いだすかと思うと、
ある者は　ろうそくを買うにも事欠くほど貧しくて、
一心不乱に働いて得た金で
聖像に灯明を上げ、
涙ながらに祈っても、
子宝には恵まれない！……それなのに、

こんな不思議なことが　わしらの身に起きたのだ！

Ⅲ

かくて　三組の男女が教父教母として
盛大な祝宴に列席した。
夜には洗礼式が執り行われ、
マルコという名がつけられた。
マルコはすくすく育っているが、老夫婦は
マルコをどう扱ったらいいのか、
どこに坐らせ、どこに寝かせ、
何をしてやったらいいのか、わからない。
一年が過ぎ、マルコはいちだんと大きくなった。
乳牛も　ゆったりと
水浴びをする。

そんなとき　祝福された
この田舎家に
色白で　黒い眉の
若い女がやってきて
雇ってほしいと願いでた。
「おや　まあ。働いてもらおう、ね、ナースチャ。」
「働いてもらいましょう、トロヒーム、
わたしたちは　年取って　身体も弱りました。
それに　幼い子もいます。
すくすく育ちはしましたが、
まだまだなにかと面倒を
見なくちゃ　ならないわ。」
「そうじゃ、なにかと　手がかかる。
わしも十分長生きして
ありがたいことに

お迎えが近そうだ。
ところで、娘さん、給金は　一年で
いかほどにしたら　よろしいかな?」
「お気持ちで結構ですわ。」
「いや、そりゃいかんよ、娘さん。
働いた分の報酬は
ちゃんと払わねばならん。
言うではないか、勘定のできない者は
稼ぐことができない、と。
それでは娘さん、どうだろう、
あんたはわしらのことを知らないし、
わしらはあんたのことを知らない。
しばらくこの家で暮らしてみれば、
わしらもあんたのことがわかるだろう。
給金のことは　それからということで。

どうかな、娘さん？」

　「結構ですわ、旦那さま。」

「それでは中にお入りなさい。」

話がまとまった。若い女は
喜々として　楽しそうだ。
まるで　領主に嫁入りし、
広い領地を得たかのよう。
家の中でも　庭に出ても
家畜の世話をするときも
夜更けも　明け方も　朗らかだ。
そして　子どものそばにいるときは
母親のように　世話を焼く。
ふだんの日も　安息日も
小さな頭を洗ってやり、

祭りの日には
白いシャツを着せてやる。
一緒に遊び、歌を歌い、
おもちゃの車を作ってやる。
聖人の日には　片時も手を放さない。
老夫婦は　目を瞠り、
神に感謝の祈りを捧げるのだった。
だが　不幸なナイミチカは
夜も眠れず、
自分の運命を呪いながら、
激しい嗚咽を漏らしている。
誰もそれを聞いていないし、見てもいない。
知っているのは幼いマルコだけ。
なぜかは　わからないけれど、
不運なナイミチカが涙を流し、

その涙が　自分を洗っていることを。
なぜ　ナイミチカが
そんなに強く、マルコに口づけするのか――
自分は　食べも飲みもせず、
マルコに食べさせているのか、
彼にはわからない。
ゆりかごで眠るマルコが　真夜中に
ふと　目覚め、身動きでもしようものなら、
ハンナは　すぐさま跳び起きて、
布団を直し、十字を切って
静かにゆりかごを　揺らしている。
部屋の外にいても
マルコの寝息を聞いている。
朝になると　マルコは　ナイミチカに
両手を差し伸べ、

片時も　目を離さずに見守るハンナを
ママと呼んで　慕い敬う。
マルコは　自分では気づいていない。
マルコは日増しに　成長する。

Ⅳ

水が流れゆくように、
時が過ぎ、
この家も　不幸に見舞われた。
家中が　涙にくれる。
ナースチャおばあさんが　天に召された。
トロヒームおじいさんは
なんとか持ちこたえた。やがて
呪うべき災難は　過ぎ去り、

家には　ふたたび暗い森の向こうから
祝福がやってきて、
おじいさんの家に落ち着いた。

マルコは　もう　一人前のチュマーク*となり、
秋には　旅に出て
しばらく　家には戻らない。
嫁とりを　しなければ！
ハンナの知恵を借りようとした。
「誰か　良い娘はおらんかの？」……考えあぐねた老人は
王女に結婚を申し込んだら、
彼女は喜ぶかもしれん。
「マルコに　聴いてみませんと。」
「なるほど　そうじゃ、マルコに聴いてから、
仲人を頼むとしよう。」

マルコの気持ちを聴いて、相談がまとまった。
仲人の長老たちに従って、マルコは出発した。
一行は　ルシニク*と、互いに贈り合った
聖なるパンを携えて
戻ってきた。
美しい上着に身を包んだ娘、
ヘトマンの嫁御にしても
恥ずかしくない、
そんな娘が　嫁に来てくれる！

「皆さん、ありがとう！」と老人が礼を言う。
「さて、当然のことながら、
締めくくりが肝心じゃ。
いつ式を挙げ、祝いの宴(うたげ)を開くのか。

それにもうひとつ、大事なことがある。
誰が　母親代わりを務めるのか。
ナースチャが　生きてこの日を迎えられていれば！」
そう言って、とめどなく涙を流した。
ナイミチカは部屋の入り口で
ドアの側柱につかまったまま
凍りついて　動けない。
部屋の中は　静まり返った。
ナイミチカだけが　小声で呟く、
「母親……母親……母親！」と。

V

一週間ののち、家の中では
若い女房たちが　結婚式の

パン生地をこねている。
老いた父は　力を振りしぼり
女房たちと　夢中で踊ったり、
庭の掃除をしたりする。
そして　歩く人、馬車で通りかかる人、
誰彼かまわず　呼び止めて、
ワレニキ*をふるまい、
結婚式に招待する。
喜々として　走りまわってはいるけれど、
本当は　歩くのもやっとのこと。
家の中にも　外の庭にも
いたるところ　笑いと喧騒が渦巻いている。
酒蔵から
新しい樽が　転がされて出てきた。
家中総出で　早朝から　煮たり、焼いたり、磨いたり、洗ったり。
だが　みんな　知らない顔ばかり！　ナイミチカはどこ？
ハンナはキーウ*に旅立った。老人もマルコも
母親代わりを務めてくれと
泣きながら　頼んだけれど、
「いいえ、マルコ、できないわ、
母親代わりを務めることは。
お客様はお金持ちばかり。
わたしはナイミチカの身ですから、
あなたが　他人(ひと)様に嘲笑(わら)われます。
神さまのご加護が　あなたにありますように！
キーウに行き、
すべての聖人たちに　祈りを捧げてきましょう。
お祈りを済ませたら、また　あなたの家に
戻ってきましょう。あなたが迎えてくれるなら、

わたしの力の続く限り、
あなたのために　働きましょう。」
　　無垢なこころで
愛しいマルコに
祝福を与え、
泣きながら　門の外に姿を消した。

婚礼の祝宴が始まった。
楽士らは　踵（かかと）を鳴らし、音楽を奏でる。
テーブルにも　長椅子の上にまで
たくさんの料理が　溢れている。
だが、ハンナは足を引きずりながら、
キーウ目指して　先を急ぐ。
やっとキーウに着いたけど、ひと休みする暇もなく、
町人の女の家に住み込んで

水汲みをして働いた。
聖ワルワーラ*の記念日、
お供えをする金がなかったから、
一生懸命　水を汲み、
必要な金を手に入れた。
そして　マルコには
聖ヨハネのお堂で、
飾りのついた帽子を買った。
若いマルコが
頭痛に悩まされることのないように。
聖ワルワーラに祈ったとき、
花嫁のために指輪を買った。
すべての聖人たちに　祈りを捧げてから、
家路を急いだ。

帰りつくや、カテリーナとマルコが
門まで駆け寄って、
家の中に迎え入れる。
食卓を囲み、
十分に　飲んだり食べたりした後で、
ふたりはキーウのことをあれこれ尋ねる。
そして　ゆっくり休むようにと
カテリーナが部屋まで連れて行く。

「どうしてふたりはこんなにやさしくしてくれるのかしら?
どうしてわたしを敬ってくれるのかしら?
ああ、神さま、
ひょっとしたら　ふたりは知っているのかしら?
ひょっとしたら　ふたりは勘づいたのかしら?
いいえ、そんなはずはない。

ふたりは　とてもやさしいのよ……」
　　　　こう言って、ナイミチカは
泣き崩れた。

VI

三たび　川の水が凍り、
三たび　川の氷が溶けた。
三たび　キーウに旅立つナイミチカを
実の母を送りだすように
カートリヤ*は見送った。
四度目には　野中の塚（モヒラ）の麓まで
ハンナにつき添って
一日も早く帰ってきますようにと
神に祈りを捧げるのだった。

ハンナがいないと　家中が
母に見捨てられたかのように
暗く沈んでしまうから。

聖母被昇天祭*の後の
最初の安息日。
トロヒームは　よそいきのシャツを着て
麦わら帽をかぶり、ベンチに腰掛けている。
その前で　孫が愛犬と戯れていた。
カテリーナの上着を羽織った孫娘が
お客さんのように　おじいさんに近づいてきて、
あいさつをする。おじいさんは　にこにこ顔で
孫娘にあいさつを返す。
まるで立派なレディに対するように。
「ところで、丸パンはどこですかな?
森の中で　誰かに持って行かれましたかな?

お持ちになるのをお忘れになりましたか？
それとも　まだ焼きあがっていませんか？
恥ずかしいことですよ、すてきな奥さん！」
と、そのとき、ナイミチカが庭に入ってきた。
老人は　ふたりの孫と一緒に駆けだして、
　愛しいハンナを出迎える。
「マルコはまだ　旅から戻らないの？」
ハンナは老人に尋ねる。
「まだ旅の途中だよ。」
「やっとのことで
あなたの家まで戻ってきました。
遠い土地で　ひとりぼっちで
死ぬのは　いやですから。
もしも　マルコが間に合わなかったら、
そんなことになったら、なんと辛いことでしょう！」

そう言って、孫たちへのお土産を
袋の中から　取りだした。
小さな十字架やコイン、
ネックレスなど。
そして孫娘のヤリーノチカにはビーズの首飾りと
赤く塗った安物のイコンを。
孫のカルポにはナイチンゲールと
一対のおもちゃの仔馬を。
そして　四個目となる
聖ワルワーラの指輪を
カテリーナに。
おじいさんには　蜜ろうで作った
聖なるろうそくを三本。
でも　マルコと自分のためには
何もない。何も買ってこなかった。

路銀が底をついたけど、
稼ぐこともできなかったから。
「ああそうだ、まだあったよ、
ロールパンが半分！」
そう言って、孫たちに
一切れずつ　分け与えた。

Ⅶ

家に入り、カテリーナに
足を洗ってもらい、
食卓についた。
食べ物も　飲み物も
老いたハンナの喉を通らない。
「カテリーナ！

安息日はいつ？」
「明後日ですわ。」
　「ミコラ聖人*に捧げる
アカフィスト*を　唱えてもらうよう
お願いしなければ。
そしてお布施を寄進しなければ。
何か起きて、マルコは遅れているのかもしれない。
もしかしたら　病に伏しているかもしれない！
神さま、どうかお守りください！」
そう言うと、老いてしょぼしょぼした両眼から
とめどなく涙を流し、
やっとのことで　立ち上がった。
　「カテリーナ！
わたしはもう、起き上がれない。
すっかりだめになり、

自分の足で立つこともできない。
辛いよ、カテリーナ。親切な
他人(ひと)様の暖かな家で死を迎えるのは！」

老いたハンナは　病の床に臥(ふ)した。
聖体を拝受し、
塗油式*も済ませた――
だが、何の助けにもならない。
老トロヒームは　抜け殻のように
家のまわりを　歩きまわっている。
カテリーナは　片時も
病人から　目を離さない。
カテリーナは　病人につきっきりで
日を過ごし、夜を明かす。
真夜中に　時折　ふくろうが、

穀物蔵の屋根の上で
不吉な予言をする。
病人は、毎日、毎時間
ひっきりなしに　問いかける。
「カテリーナ、カテリーナ、
マルコはまだ　帰らないの?
マルコの帰りが間に合って、
ひと目　会えるとわかっていたら、
少しは安心できるのに!」

Ⅷ

マルコは　チュマークとともに歩いて行く。
歌いながら　歩き続ける。
彼は　家路を急がない――

牡牛たちに　ゆったりと草を食(は)ませる。
マルコは　カテリーナに
高価な布地を、
父親には　刺繍入りの
赤い帯を、
ナイミチカには
金の錦織りの帽子と
白い縁かがりのついた
赤い上等のスカーフを、
子どもたちには　長靴と
イチジクとブドウを、
そして　家族みんなのために
ツァーリグラード*産の赤ワイン
三ヴェドロ*分を樽に詰め、
ドン*のキャビアを買いこんで、

荷車に載せて　運んでいる。
家で何が起きているのかも知らずに！

マルコは　歩く、何の思い煩いもなく。
ああ、やっと、家についた！
門を開き、
神に感謝の祈りを捧げる。
「聞こえない？　カテリーナ！
走って　迎えに行っておくれ！
とうとう帰ってきたんだよ！　もっと急いで！
急いで　中に連れてきておくれ！
おお、神さま！
マルコが帰るまで　持ちこたえられました！」
そう呟き、夢見るように　ひそやかに、
父なる神に　感謝の祈りを捧げた。

老トロヒームは　牛を軛（くびき）から放ち、
飾りのついた首輪を　外してやる。
カトルーシャ*は　マルコの無事をたしかめる。
「カテリーナ、ハンナはどこ？
ぼくのことよりも！
まさか　死んでしまったのでは？」
　「いいえ　死んではいませんわ、
でも　とても危ないの。
ハンナの部屋に急ぎましょう！
お父さんが　牛の首輪を外している間に。
ハンナはあなたを、
マルコを、待ちわびていたのよ。」
マルコは　ハンナの部屋に入り、
敷居のところで　立ちどまる……

驚いて　立ちすくんだ。ハンナが呟く。
「ああ、神さまに栄光がありますように。
こちらにおいで、怖がらないで……
カテリーナ、席をはずしてちょうだい。
マルコに　少し
話しておきたいことがあるの。」

カテリーナが　部屋から出て行って、
マルコは　ハンナの枕元に
身を屈(かが)めた。
「マルコ、見て。
わたしをよく見てちょうだい。
わたしはとても年取ったでしょう?
わたしは　ハンナではないの、ナイミチカではないの、
わたしは……」

そう言って　口をつぐんだ。
マルコは涙を流し、訝しんだ。
ハンナはふたたび目をあけて……
辛そうに、本当に辛そうに、マルコを見つめる――
また　涙が溢れでる。
「わたしを許して！　わたしは罰を受けてきました。
生涯　他人の家で……
わたしを許して、わたしの愛しい息子！
わたしは……わたしはあなたの母親なの。」
こう言って口をつぐんだ。
マルコは　気が遠くなった。
大地が揺れた。
正気に戻り、母に抱きついた――
が、母は永遠の眠りについていた！

一八四五年十一月十三日　ペレヤスラウ

Наймичка

カフカーズ

真実なる友　ヤキウ・デ・バリメン*へ

ああ、私の頭が水であったなら、
私の目が涙の泉であったなら、
私は昼も夜も、
殺された者のために泣こうものを。
エレミヤ書　九章　一節*

山また山　抱かれるがごと　雲に包まれ、
悲嘆に赤く燃えあがり、血で洗われる。
　太古の昔から　プロメテウスは

かの地で　鷲に罰せられ続ける。
来る日も来る日も　肋骨と
心臓を　嘴で啄まれる。
鷲は　嘴で啄むが、
生き血を飲み干すことはない。
心臓はふたたび　蘇り、
ふたたび　笑みを浮かべる。
われらの魂は　滅びず、
われらの自由も　滅びない。
だが　貪欲な人間でも
水底の地を　耕すことはない。
生きた人間の魂を
生きたことばを　鎖につなぐことはない。
大いなる神の栄光を
携えて進むことはない。

汝と論争を始めるつもりはない！
汝を裁くのは　われらの仕事ではない！
われらは　ひたすら　泣きに泣いて、
涙と血で
日々のパンを　捏ねるだけ。
刑吏はわれらに残虐の限りを尽くし、
われらの真理は　酔って眠りこんでいる。
　真理は　いつ目覚めるのか？
　神よ、汝は　いつ
　疲れて身を横たえるのか？
　われらを生きさせよ！
　汝の力を、生き生きとした魂を
　われらは信じる。
　真理は立ちあがる！　自由は立ちあがる！

そのときこそ　汝に対してのみ
あらゆることばで
永遠の祈りを捧げるであろう。
それまでは　川が
　血の川が　流れるであろう！

山また山　抱かれるがごと　雲に包まれ、
悲嘆に赤く燃えあがり、血で洗われる。
　慈悲に満ちたわれらは
ろくに食べるものも着るものも与えず、
誠実なる自由を打ちのめして
犬に襲わせる。横たわるのは
兵士たちの累々たる屍(かばね)。
涙は、血は？
ツァーリの一族が子や孫とともに

十分に渇きをいやし、
寡婦たちの涙の中に沈めるだろう。
夜毎ひそかに流される　乙女たちの涙、
母たちの熱い涙、
老いた父たちの血の涙とともに
川と言わず　海までもあふれさせるだろう。
火と燃える海よ、栄光あれ！
ボルゾイ犬に、狩猟犬に、狩人たちに、
そして　われらが父なるツァーリに
　栄光あれ！
そして氷に閉ざされた
青き山やまに　栄光あれ！
そして　きみたち、偉大なる戦士を
神はお忘れにならないだろう。
戦いたまえ、――きみたちは戦に勝つだろう！

神はきみたちを助けたまうだろう！
真理はきみたちとともにあり、
力と聖なる自由はきみたちとともにある！
チュレク*もサークリャ*もすべて　おまえのもの。
譲られたものでも　与えられたものでもない。
誰も　奪い去ることはないし、
おまえを鎖に繋ぐこともない。
だが　われわれのところでは！
読み書きのできるわれわれは　神のことばを読んでいる……
地の底の牢獄から
高みにある玉座まで――
われわれは皆　衣服ではなく、黄金を身にまとっている。
われわれのところに来て　勉強したまえ！
パンや塩の値段の決め方を教えてあげよう！
われわれはキリスト教徒だ。寺院や学校や、あらゆる財産、神さえ　われらのものだ。
目障りなのは　サークリャだけ。
なぜ　あの小屋がきみたちの土地に建っていて、
われわれに与えられなかったのか！　なぜわれわれは
犬にパンを投げてやるように、きみたちに
パンを投げないのか。
なぜきみたちは　太陽に照らしてもらう代金を
われわれに支払わないのか！
だが、それはどうでもいい。われわれは野蛮人ではなく、
正真正銘のキリスト教徒だから、
少しのもので満足できる！……しかし、
きみたちがわれわれと親しくなれば、
たくさんのことを学べるだろう！
われわれには　広大な世界がある、たとえば——
シベリアだけでも限りなく広い。

それに、牢獄も　人びとも　数えきれない！
モルドヴァ人*からフィン人*まで、
すべてのことばを話す人たちが　皆　沈黙している。
安穏（あんのん）に暮らしているからだ！
われわれのところでは、聖なる修道僧が
神聖なるバイブルを読んで　教えてくれる。
むかし一人の王*が　豚を飼い、
友の妻を奪って　わがものとし、
友を殺したことを。その王は今では天国にいる。
だから、わかるだろう、
どんな人間が天国に行けるのか。
きみたちは　まだ無知蒙昧で
聖なる十字によって照らされていない。
われわれのところで　学びたまえ！　われわれから　引きはがし、
　奪い取り、そして与えよ。

そうすれば　天国にまっしぐら。
たとえ家族であっても　すべて連れてこい！
われわれはそうだ！　われわれにできないことがあろうか？
星を数え、麦の種を蒔き、
フランス人をがみがみ怒鳴りつける。
人間を売り買いし、*賭け事のかたにする。
黒人ではなく、キリスト教徒の、普通の人間を。
われわれはスペイン人ではない。
神よ、われわれを許したまえ！　われわれがユダヤ人のように、
盗品を売買していることを。われわれは法律に従っています！
　使徒の教えに従って、
きみたちは兄弟を愛している！
虚言、妄言を弄する輩（やから）は
神に呪われるであろう！
きみたちは　兄弟の魂ではなく、

皮を愛しているのだ！
きみたちは　法に則って　皮を剝ぎ、
娘のために毛皮のコートを、
私生児のために　持参金を、
妻のために室内履きをつくる。
自分のためには　何を用意するのか、
妻も子も　知らない。

だれのために　キリスト、神の御子よ、
汝は磔（はりつけ）になったのか。
善良なるわれらのためか、
それとも真実なることばのためか……
ひょっとして、われらが汝を嘲笑（あざわら）うためなのか？
そうだったのだ。
寺院、礼拝堂、イコン、

燭台と香炉の煙、
汝の聖像の前で
倦きもせず　頭を下げ続ける。
兄弟の血を流させるために、
盗みを、戦を、流血を願う。
そうして　火事場から盗んだ布で覆った
捧げものを　汝に持参する！
　われわれは文明人だ！　そのうえ、
他人を啓蒙したいと願っている。
盲目の子どもたちにも
真実の光を見せたいと願っているのだ！
すべてを見せてあげよう！　だから、
きみたちの手を　われらに預けてくれたまえ！
どうやって　牢獄を築くか、
どうやって　枷を鍛えあげるか、

どうやって　それを嵌(は)めるか、
どうやって　革の鞭(むち)を編むか——
全部　教えて進ぜよう。
最後に残った　きみたちの
青い山やまさえくれるなら……なぜなら、
きみたちの野も海も
もう　全部　取りあげてしまったから。

そしてきみ、わたしのかけがえのない友、
善良なるヤキウは駆りだされた！
ウクライナのためではなく、ウクライナの死刑執行人のために
善良な血、汚れていない血を流す羽目になった。
ロシアの聖杯から　ロシアの毒を飲まされることになった。
ああ、わたしの良き友よ！　忘れ得ぬ友よ！
魂は生き続けて　ウクライナの空を舞い、

コザークとともに　岸辺を翔(と)んで
草原(ステップ)の掘り返された墳墓(モヒラ)を見守っておくれ！
コザークとともに　細かい露のような涙を流し、
草原で囚われの身となっているわたしを見守っておくれ。
　だが今は　わたしの想い
わたしの狂おしいほどの悲しみの
種を蒔こう――それらは育ち、
風と語りあうだろう。
穏やかな風が　ウクライナから
細かい露とともに
わたしの想いを　きみに届けるだろう！
兄弟の涙を流しながら
きみはその想いを迎え入れ、
静かに読んでくれるだろう……
墳墓と　草原と海を

そして　わたしのことを思い出しながら。

一八四五年十一月十八日　ペレヤスラウ

Кавказ

死者と生者とまだ生まれざる同郷人たちへ*

神を愛すると言いながら兄弟を憎んでいるなら、
その人は偽り者です。

ヨハネの手紙第一　四章　二十節

夜が明け、　日が暮れる。
神の造りたもうた一日が過ぎ、
人びとは疲れ切って
ふたたび眠りにつく。
ひとりわたしだけが　神に罰せられた者のように
大勢の人が行き交う四つ角で

夜も昼も泣いている。
だが、だれも目をとめない。
目をとめないどころか、知りもしない。
つんぼになって　なにも聞こえない。
真実を売って、
鎖と交換してしまったのだ。
そのうえ、神を侮辱している。
人びとは重い軛につながれて
災いを耕し、
災いの種を蒔く。
そこに　なにが芽吹くだろう。
どんな収穫が得られるだろう。
狂った人びとよ、正気を取り戻せ。
こころ弱き者ども！
静かな楽園を

われらの郷土（くに）を見つめよ。
真摯なこころで
偉大なる廃墟を愛せ。
おのれを鎖から解き放ち、兄弟の絆を深めよ。
他人の土地に
探し求めるのをやめよ。
他人の畑にないばかりか、
天上にも存在しないものを
求めるのはやめよ。
おのれの家にこそ、おのれの真実と
おのれの力、おのれの自由がある。

ウクライナは世界にひとつしかない。
もうひとつのドニプロもない。
それなのにきみたちは　大いなる善、

神聖なる善を求めて
他国を目指して突っ走る。
善！　自由！　友愛！
それを見つけて、他国から
ウクライナに　持ち帰った。
偉大なることばの偉大なる力、
だが、それ以上のなにものでもない。
神が自分たちを造られたのは、
真実ではないものを崇（あが）めるためではない、と叫ぶがいい。
相も変わらず　真実に頭を下げ続けるがいい！
無知蒙昧な農夫である兄弟から
ふたたび　その皮を剝ぎ取り、
太陽の真実を追求するために
きみたちにとって他国ではない
ドイツの地に向かうのだ。

もし　きみたちが、先祖が盗んだ財宝とともに
あらゆる不幸を持ち去ってくれるなら、
孤児であるウクライナには
　聖なる山やまとドニプロが残されるだろう！

もし　きみたちがウクライナに帰らず、
根を下ろしたよその国で喚(わめ)いていてくれるなら、
子どもらが泣くこともなく、母が涙を流すこともないだろう。
神を冒瀆(ぼうとく)することばを聞くこともないだろう。
太陽が　清らかでひろびろとした自由の大地で
悪臭を放つ汚物を温めることもないだろう。
人びとは　きみたちが鷲(わし)の後を追うことになるのを知らないし、
きみたちにむかって鷲が首を横に振ることもないだろう。
　理性を取り戻せ！　人間であれ！
さもなければ　不幸に見舞われるだろう。

囚われ人の鎖は
ただちに　はずされて、
最後の審判が始まり、
ドニプロも　山やまも　証言し始めるだろう！
きみたちの子どもらの血が
川となって
青い海へと流れ始めるだろう。
助けてくれる人は誰もいない。
兄は弟を拒み、
母は　わが子を認めない。
煙は雲となって
きみたちの前から太陽を隠し、
きみたちは自分の子どもらから
永遠に呪われるだろう！
聖像を洗い清めよ！

苔で覆い隠すな。
きみたちの子どもらに、
この世を支配するという
愚かな真似をさせるな。
学問のない者の目は
魂そのものを見る、
深く！　深く！
きみたちの背中を　誰の皮が覆っているのか、
幼い孫たちにはわかっている。
こうして　もっとも教養のある人間を
教養のない人間が馬鹿にする！

もし　きみたちが必要なことを学ぶなら、
その知恵は自分のものになるだろう。
さもないと　天国に腹ばいで進むことになるだろう。

「われわれは　われわれでなく、わたしは　わたしではない。
わたしはすべてを見た、そしてすべてを知っている。
地獄はなく、まして天国もない。
神はいない、いるのはわたしだけだ！
それに　ちびで狡賢(ずるがしこ)いドイツ人、
それ以外に　誰もいない！……」
「そうかい。それじゃ　きみたちは　いったい何者だね？」
　「ドイツ人に　訊いてくれ！
われわれは知らない。」
きみたちが他国で学んでいるのは
こんなやり方だ！
ドイツ人はこう言う、「おまえらは　モンゴル人だ。*」
「モンゴル人！　モンゴル人！」
黄金のチムール*の　裸の孫たち！
ドイツ人は　こうも言う、

「おまえらは　奴隷だ。」
「奴隷だ！　奴隷だ！」
偉大なるスラヴ人の祖先の
不肖の曽孫(ひまご)たち！
コラール*を、
全力で　読む。
シャファリク*を、ハンカ*を
スラヴ主義者*と一体となって、
きみたちは熱心に読む——
というわけで、スラヴ民族のあらゆることばを知っている。
だが　自分のことばには見向きもしない……
わたしたちもいつの日か
自分たちのことばで語ろう、
ドイツ人が手本を示してくれたように。
われわれ自身の歴史を

われわれ自身に物語ろう――
そのための準備を始めよう！
ドイツ人の手本に従って
うまく準備ができたら、
偉大な教師には
理解できないことば、
民衆のことばで
話をしよう。
騒音と　叫び声なのだ！
「ハーモニーだとか、力強さとか、
音楽だとか、もうたくさんだ！
それに　歴史とか、
自由なる民衆の詩がなんだ！
貧弱なローマ人がなんだ！
ブルータス*がなんだ！

ここにもブルータスがいる！　コクレス*もいる！
栄えある不滅の戦士たちがいる！
ここにも自由が育ったのだ。
ドニプロの水で顔を洗い、
山やまを枕に横たわり、
草原（ステップ）を褥（しとね）としたのだ！」
自由は血で洗われ、
自由なコザークたちの
うず高く積まれた死体の上に
眠っている。
目を見開いて　眺めよ、
栄光の　歴史を
ふたたび　読み返せ。
その一語一語を、
タイトルもコンマもとばさずに

読みたまえ。
すべてを確かめ、
自らに問いたまえ。
誰の息子で　どんな父親の子なのかと。
誰によって、なにゆえに鎖に繋がれたのかと。
それに　よく見たまえ、
きみたちの栄光あるブルータスが　何者であったかを。
奴隷、踏み台、モスクワの汚泥、
ワルシャワのごみ――これがきみたちの主人、
華麗なるヘトマンたちだ。
きみたちは　何を自慢しているのか！
誠実なウクライナの息子たちよ！
軛に繋がれていても、
父親たちよりうまく歩けることか。
皮を剝がれたと言って　自慢してはいけない。

父親たちは　脂を絞りとられたこともあるのだから。
　コザークが信仰を守ったと
自慢しているかもしれない。
シノープやトラペゾンド*で
ガルショーク*を料理したことを。
たしかにその通り！　満腹した。
だが、今や害を被っている。
シーチでは　賢いドイツ人が
ジャガイモを植え、
きみたちはそれを貰い、
健康のために食べて、
ザポリッジャを讃えている。
ジャガイモを育てるために、
誰の血が
この地を潤したのか、

きみたちには　どうでもいいことなのだ。
菜園のためになることが　良いことなのか！
そうではなく、その昔われわれが
ポーランドを打ち負かしたことを　誇りたまえ。
きみたちの真実はこうだ。ポーランドは打ち負かされ、
われわれも押しつぶされた。

こうして父たちは　モスクワやワルシャワと戦い、
おのれの血を流したのだ！
そしてきみたち、息子たちに、おのれの鎖と
おのれの栄光を引き渡したのだ！

ウクライナは戦った、
極限まで。
リャフ＊たちよりも　もっと残酷に

子どもたちがウクライナを　磔（はりつけ）にしている。
正義のビールのかわりに
肋骨（あばら）から　血を抜きとる。
彼らは　母の目を
現代の炎によって
啓蒙したいと言うのだ。
時代に従い、ドイツ人に従って、
目の不自由な人間、身体の不自由な人間を
導くと言うのだ。
結構なことだ、命令し、指示したまえ。
老いた母にも
子どもと同じように
新しいことに注意を払わせたまえ。
証明せよ……科学のために。
思い煩うな、

母は報いてくれるだろう。
貪欲な目の膜が
剝がれ落ちて、
きみたちは栄光に気づくだろう。
先祖の生き生きとした栄光と
狡猾な父親たちの栄光に！
愚かな振る舞いをするな、
習い、読め、
そして他国のことを学べ。
だが、自分の国を見捨てるな。
母を忘れる者は
神に罰せられるだろう。
子どもたちに見捨てられるだろう。
家の中に入れてもらえないだろう。
他人にも追い払われるだろう。

世界中　どこを探しても
楽しい家は見つからないだろう。
われらの祖先の
忘れがたい事績、
苦難の行動を思い起こすとき、
涙を抑えることができない。
もし忘れることができるなら、
幸せな人生の半分を
わたしは差しだしてもいい。
これが　わたしたちの栄光、
ウクライナの栄光だ。
きみたちも　この歴史を読みたまえ。
いかなる不正をも
夢見ないように。
高き墳墓(モヒラ)が　きみたちの眼前に

真実を見せてくれるように。
きみたちが　受難者に、
誰が　いつ　どんな理由で
苦しめられたのか　尋ねるために。
わたしの兄弟よ、
もっとも小さな弟を　抱きしめよ。
涙にくれる母に
笑みを取り戻させよ。
彼女の幼子を
節くれだった手で　祝福させよ。
自由の唇で
子どもらに　口づけさせよ。
過ぎ去った
恥ずべき日々を　忘れさせよ。
そのとき　善と栄光が、

ウクライナの栄光が　蘇るであろう。
そして　暗闇のない　明るい世界が
静かに輝き始めるだろう……
兄弟たちよ、たがいに抱きしめあってほしい。
きみたちにこころからお願いする！

一八四五年十二月十四日　ヴィユーニシチェ

І мертвим, і живим, і ненародженним землякам моїм
в Украйні і не в Украйні моє дружнее посланіе

三　年

一日一日は　過ぎゆくさまもわからぬほど
ゆるやかに流れて行くのに、
歳月は、良きことのすべてをともなって、
矢のように飛び去る。
気高い想いを奪い取り、
わたしたちのこころを
冷たい石に叩きつけて打ち砕いては、
歌うのだ、アーメンと。
楽しきことは　すべて失われ、
未来永劫　戻ることはない。

盲(めしい)で足萎(な)えのわたしは
辻に投げ捨てられる。
三年という　つかのまの歳月は
実りなく過ぎ去った……
その三年はわたしのつましい家に
数多(あまた)の災いをもたらした。
貧しくとも穏やかであった
わたしのこころを荒(すさ)ませ、
幸いという幸いを　すべて根絶やしにした。
災いに火を点(つ)け、
煤(すす)だらけの煙で
わたしの無垢の涙を乾かしてしまった。
モスクワへの旅*の道すがら
カトルーシャ*とともに流した、あの涙を。
トルコ人の虜になったコザークらとともに

祈りつつ流した　あの涙を。
そしてまた、わたしの星、
わたしの幸せそのもののオクサーナ*を
日ごと洗ったあの涙を。
やがて　不幸な歳月が忍び寄り、
それらを　ことごとく
一瞬のうちに奪い去った。
父を、母を、
若々しく朗らかで
誠実なるわが伴侶を
墓場に送るのは、
同胞（きょうだい）よ、なんと無念なことだろう。
垢で汚れた幼い子どもらを
暖をとる薪（まき）さえないあばら家で
養い育てるのは難儀なこと。

だが、それよりもなによりも、
惚れて一緒になった女房が
たったの銅貨三枚で
他の男に身を売って
おまけにそいつと笑っている、
こんな目に遭う身の上ほど
痛ましい不幸はないだろう！
こころは一瞬にして打ち砕かれる！
そんな恐ろしい不幸が
わたしの身にも起きたのだ。
こころは人びとに夢中になり、
彼らにぞっこん惚れこんだ。
彼らもわたしを歓迎し、
引き立て、ほめそやした。
だが、歳月は気づかぬうちに流れゆき、

嘘偽りのないわたしの愛の涙は
いつのまにか涸れてきた。
涙が乾くにつれて少しずつまわりが見えてきた。
目を凝らして眺めてみると――
口にするのも恐ろしい光景だった。
わたしがまわりに見たものは、
人間ではなく、何匹もの蛇だった……
こうしてわたしの涙、
若者らしい涙は乾ききった。
今では　傷つきこわれたこころを
毒をもって癒すほかない。
泣きもせず、歌いもせず、
ふくろうのように悲しげな声をあげるだけ。
こういうわけだ。
わたしの想いを

声高に蔑むなり、
ひっそりと褒め讃えるなり、
好きなようにするがいい。
どちらにしても　わたしの若い歳月や
歓びに満ちたことばが
ふたたび戻るわけではない。
そしてわたしのこころも
過ぎ去った昔に戻ることはないだろう。
どこに　この身の避難所を見つけたらいいのか、
だれと語らい、
だれを慰め、
だれの前で
わたしの想いを打ち明けたらいいのか、
わたしにはわからない。
わたしの想いよ、過ぎし三年の

苦難に満ちた　わたしの歳月よ。
悪意に満ちた　わたしの子どもたちよ、
おまえは　だれのもとに身を寄せようというのか。
だれのところにも行かず、
わが家に身を横たえて眠れ。
けれども　わたしは四度目の
新しい年を迎えに行こう。
往く年の古着をまとった
新しい年よ、ようこそ。
つぎはぎだらけの袋につめて
おまえはウクライナになにを運びこむのか。
「新しい法令という産着(うぶぎ)にくるまれた
安穏な生活。」
行くがいい、そして忘れずに
貧困に挨拶を送りたまえ。

一八四五年十二月二十二日　ヴィユーニシチェ

Три літа

遺　言

わたしが死んだら、
なつかしいウクライナの
ひろびろとした草原（ステップ）にいだかれた
高き塚（モヒラ）の上に　葬ってほしい。
果てしない野の連なりと
ドニプロと切り立つ崖が
見渡せるように。
哮（たけ）り立つとどろきが聞こえるように。
ドニプロの流れが
ウクライナから敵の血を

青い海へと流し去ったら、
そのときこそ、野も山も――
すべてを棄てよう。
神のみもとに翔けのぼり、
祈りを捧げよう……だがそれまでは
わたしは神を知らない。
わたしを葬り、立ちあがってほしい。
鎖を断ち切り、
凶悪な敵の血潮で
われらの自由に洗礼を授けてほしい。
そして、素晴らしい家族、
自由で新しい家族に囲まれても、
わたしを忘れず　思いだしてほしい、
こころのこもった静かなことばで。

一八四五年十二月二十五日　ペレヤスラウ

Заповіт «Як умру, то поховайте...»

訳注

暴かれた墳墓

7頁　墳墓（モヒラ）　ウクライナのステップ地帯に点在する古代の墳墓。シェフチェンコは多くの詩の中で、コサックの自由とウクライナの文化的伝統のシンボルとして登場させている。

8　ボフダン　ボフダン・フメリニツキィ（一五九五―一六五七、ヘトマン在位一六四八―五七）。ウクライナのコサック指導者。ポーランドからの独立戦争を有利に導くために、モスクワのツァーリ、アレクセイ（一六二九―七六、在位一六四五―七六）との間に一六五四年に協定を結んだが、これがその後のウクライナのロシアへの隷従とロシアによる支配・抑圧の道を開いたとして、シェフチェンコは糾弾し続けた。

9 ドニプロ　ドニプロ川（ドニエプル川）。ロシア北西部からベラルーシ、ウクライナを流れ、黒海にそそぐ大河。川沿いに、キーウをはじめ、カニウ、ザポリッジャなどの主要な都市がある。

無題〈チヒリンよ、チヒリンよ〉

12 チヒリン　キーウ南東のドニプロ川沿いにある都市。フメリニツキィの居城があり、一六四八年から一六六〇年までヘトマン国家の首都であった。

15 ヘトマン　ウクライナ・コサックの首領の呼称。

17 コザーク　十五世紀後半以降のウクライナやロシアの南部ステップ地帯に移り住んだ人びとが自衛のためにつくった武装集団（コサック）。ウクライナ・コサックはドニプロ川下流の中洲に本営を設けたので、ザポリッジャ（早瀬の向こう）のコサックと呼ばれる。ロシア語では「カザーク」。（解説参照）

夢（喜劇）

19 ヨハネの福音書……　聖書からの引用は、新日本聖書刊行会の『新改訳　聖書』に拠る。

20　**太っ腹で豪奢なことが好きな輩**　ニコライ一世（一七九六―一八五五、在位一八二五―五五）を指す。在位中多くの寺院が建造された。

22　**ツァーリ**　皇帝のこと。

29　**ポクルィトカ**　未婚で母となった女性のこと。不行跡のしるしに頭をスカーフで覆われた。ポクルィチ（覆う、包むの意の動詞）から。

32　**目の前に　白い雪が姿を現す**　舞台はウクライナからシベリアに移る。

34　**こころの想い**　こころの想いとそれを綴った詩の両方を指す。

36　**全世界のツァーリ**　ニコライ一世の治世中、デカブリスト（77頁の訳注参照）をはじめとして、自由を求めて戦った多くの人がシベリアに流刑になった。

37　**おびただしい数の教会のある都市**　舞台はペテルブルクに移る。

38　**ウラー**　ロシア語で「万歳（ばんざい）」の意。

39　**皇帝陛下**　ニコライ一世を指す。

40　**コペイカ**　ロシアの通貨の単位。百分の一ルーブル。

41　**皇妃**　ニコライ一世妃（一七九八―一八六〇）。プロシャ王ウィルヘルム三世の皇女。

42　**紙きれ**　ロシアの詩人が皇妃を称賛する詩を書いた「紙」を指す。

45　**静かな河畔**　ペテルブルクを貫いて流れるネヴァ川のほとり。

47　**一世**　ピョートル一世（大帝）（一六七二―一七二五、在位一六八二―一七二五）。新首都

ペテルブルクをコサックの労働力を使って建設。富国強兵に努め、ロシア帝国の礎を築いた。(解説参照)

47 二世 エカチェリーナ二世(一七二九―九六、在位一七六二―九六)。プロシャ出身。一七六二年、夫ピョートル三世を倒して即位。ピョートル大帝による領土拡張政策を受け継ぎ、発展させる。ヘトマン国家を完全に廃止し、ウクライナに農奴制を導入した。(解説参照)

48 フルーヒウ ピョートル大帝の指示により、一七〇九年コサックの本拠地はバトゥーリン(68頁の訳注参照)からロシアに近いフルーヒウに移転させられた。

〃 ヘトマン代理 パヴロ・ポルボトク(一六六〇―一七二四)はピョートル大帝の命令により、ヘトマン(コサック首領)代理としてコサックを引き連れてペテルブルク建設に従事した。過酷な労働、食糧不足、劣悪な環境によって、数十万人のウクライナ・コサックが命を落としたと言われている。ポルボトクは自治権拡大を要求して逮捕され、ペトロパヴロ要塞に収監された後、死亡した。

ゴーゴリに

59 ゴーゴリ ニコライ・ヴァシーリエヴィチ・ゴーゴリ(一八〇九―五二)。ウクライナのポルタヴァ出身の作家。『ディカーニカ近郷夜話』『鼻』『外套』『死せる魂』など。

偉大なる地下納骨堂（神秘劇）

62 **詩篇……**　現代ウクライナ語訳の聖書からの引用。現在わたしたちが手にする聖書では、詩篇 四十四章 十四、十五節である。
63 **モスカーリ**　ロシア人またはロシアの兵士を指すウクライナ語。
64 **ヘトマンの息子のユーリィ**　当時のヘトマンであったボフダン・フメリニツキィ（8頁の訳注参照）の次男ユーリィ。一六五九―六三年、一六六七―八一年、八五年にヘトマンを務めた。
65 **黒い眉**　ウクライナの若い女性の美しさを象徴することば。
〃 **ルシニク**　細長いタオル状の布。結婚の申し込みを承諾したしるしに、求婚者に刺繍などを施した美しいルシニクを贈る習慣がある。
66 **道の真ん中を横切ったの**　水を汲んだ手桶を持って旅人の行く手を横切ると、その旅人に幸運が訪れる、という言い伝えがある。
〃 **モスクワ**　ロシアは当時「モスクワ・ツァーリ国」であった。
〃 **ペレヤスラウ**　フメリニツキィは一六五四年、ここでモスクワのツァーリ・アレクセイとの間に保護条約を締結した。

67 **モスクワのツァーリ**　ここではピョートル一世（のちに大帝）のこと。

〃 **ポルタヴァ**　一七〇九年、「ポルタヴァの戦い」でピョートル大帝はスウェーデン軍を破り、ロシアが強大な力を持つ転回点となった。ウクライナの指導者マゼパ（68頁の訳注参照）はスウェーデン側についた。

68 **バトゥーリン**　ウクライナ北部の重要な都市。かつてヘトマン国家の首都であった。一七〇八年、ロシア軍によって数千軒の家が女性、子どももろとも滅ぼされた。

〃 **チェチェーリ**　マゼパの配下の将校の一人（?―一七〇八）。ロシア軍に捕らえられて車裂きの刑に処せられた。

〃 **セイム**　ドニプロに合流するデスナ川の支流の一つ。この河岸にバトゥーリンの町があった。

〃 **マゼパ**　イヴァン・マゼパ（一六三九―一七〇九）。北方戦争（一七〇〇―二一）でスウェーデン側についたウクライナのヘトマン。多くのウクライナ人は彼を芸術の守護者であり、ウクライナの独立のために戦った戦士であると考えているが、ロシアと正教会は彼を反逆者とみなしている。独立ウクライナの十フリブニャ札に肖像が使われている。なお、五フリブニャ札にはフメリニツキィの肖像が使われている。

72 **カニウ**　ドニプロ川中流にある町。シェフチェンコは死後いったんペテルブルクの墓地に葬られたが、のちに改めてカニウに埋葬された。

〃 **エカチェリーナ**　エカチェリーナ二世のこと。ウクライナ語ではカテリーナとなる。

73 **ガレー船**　古代より地中海やバルト海で使用された軍船。両舷に多数の櫂を出して漕いだ。

74 **チュータの森**　スボーチウの近くにある森の名。

〃 **三羽のカラス**　ウクライナ、ポーランド、ロシアの悪行を具象化している。

75 **ラジビルとポトツキ**　一八三〇―三一年のポーランド革命（ワルシャワ蜂起）の参加者。当時のポーランドはロシア帝国（ニコライ一世）の統治下にあった。

77 **デカブリスト**　一八二五年十二月十四日、ニコライ一世即位の日に貴族青年将校たちが専制と農奴制廃止を求めて蜂起した。ロシア語のデカーブリ（十二月）に蜂起したことからデカブリストと呼ばれる。反乱はすぐに鎮圧され、首謀者五名は絞首刑、百二十一名がシベリアに徒刑または流刑になった。

〃 **一本の道を作るための三つの法令**　ペテルブルク―モスクワ間に鉄道を敷設（一八四二―五一）するためにニコライ一世が出した法令のこと。

78 **露里**　ロシアの距離の単位。一露里は一・〇六キロメートル。

〃 **六千人の犠牲者**　数千人の農奴が鉄道敷設の期間中に病と飢えで命を落とした。

〃 **コルフ公爵**　鉄道建設の任に当たった役人。実在の人物か否かは不明。

79 **カラムジン**　ニコライ・ミハイロヴィチ・カラムジン（一七六六―一八二六）。ロシアの作家、詩人、批評家。全十二巻の『ロシア史』の著者。

81 **スウェーデンの侵略者**　北方戦争でロシアのピョートル大帝と戦ったスウェーデン王カール十二世（一六八二―一七一八、在位一六九七―一七一八）。

82 **ロムニ**　ポルタヴァ県のスーラ川に臨む町（現スーミ州の州都）。スウェーデン側についたウクライナ・コサックに復讐するため、ピョートル大帝が長老たちを殺害し、兵士、農民たちにオレル川（オリョール川）要塞建設の労役を課したことが語られている。

〃 **遺骸を投げ込み**　ラドガ湖の周囲に水路を建設する工事にコサックが駆り出されて、数千の命が失われた。

〃 **聖ポルボトク**　パヴロ・ポルボトクのこと（48頁の訳注参照）。

〃 **ルジャベツの聖母**　ルジャベツ（イルジャベツ）の村にある聖母像。ウクライナの苦難に涙を流したという言い伝えがある。

83 **タタールと一緒に**　キーウ・ルーシが一二四〇年にタタール（モンゴル）に滅ぼされ、以後一四八〇年までタタールに支配されていたことを指す。

〃 **独裁者**　モスクワのツァーリ、イヴァン四世＝雷帝（一五三〇―八四、在位一五三三―八四）のこと。

〃 **ピョートル**　ピョートル大帝のこと。

84 **シーチ**　コサックの本営。ザポリッジャ・コサックの本営はドニプロ川の中洲にあったが、エカチェリーナ二世によって廃止された。

85 **『蜜蜂』**　文学新聞『北方の蜜蜂』のこと。一八二五―六四年にペテルブルクで発行されていた。

86 **ゴンタ**　十八世紀半ばのウクライナ農民のポーランド地主に対する闘争（ハイダマキ闘争）の指導者の一人。捕らえられて処刑された。シェフチェンコの長編叙事詩『ハイダマキ』（一八四一年）の主人公。

89 **チャスミン川**　ドニプロの支流の名。

90 **リマン**　河口を意味することば。

96 **ヤシイ**　現在のルーマニアにある町の名。ボフダン・フメリニツキィの長男がモルダビアの領主の娘と結婚して一時住んだ町。

〃 **黄色い水**　ジョウチ・ヴォディ。現在のドニプロペトロウシク州にある地名。ここを流れる川の水が鉱石を含んでいるために黄色であったことから、この名がついた。一六四八年、ここでの戦闘でフメリニツキィ率いるコサックがポーランドを破った。この勝利でウクライナは独立国家となった。

〃 **ベレステチコ**　一六五一年、ベレステチコの戦闘で、当時フメリニツキィと同盟を結んでいたタタール・ハンが裏切ったため、コサック軍は大きな損害を被った。ロシアの庇護下に入るきっかけとなった戦闘。

100 **ヤレメンコ** フメリニツキィの屋敷跡にコサックのヤレメンコの納屋が建っていたと言われている。

103 **エカチェリーナの私生児たち** 女帝エカチェリーナ二世は多くの愛人との間に私生児をもうけた。

〃 **ジノヴィイ** ボフダン・フメリニツキィのセカンドネーム。

〃 **アレクセイ** モスクワのツァーリ、アレクセイ。

ナイミチカ

106 **ナイミチカ** 雇われて働く女。ここでは女中、下女、家政婦、メイドなどを指す。

109 **ドナイの川** ドナウ川。

〃 **南京木綿** 中国南京地方で織ったと言われる布地。死者を埋葬するときにもこの布で包んだ。

113 **白いシャツ** ウクライナの民族衣装の「ソローチカ」という丈の長いシャツ。日曜や祝日には、平日の労働着とは異なる「白いソローチカ」を着た。胸元や袖口に刺繍がほどこされたものもある。

〃 **ベンチ**　「プルィジバ」。農家の外に土を盛り固めて坐れるようにしてあるベンチ状のもの（216頁の図版参照）。

117 **ホローディシチェ**　ドニプロ川右岸（西側）のチェルカッシ州の町。シェフチェンコの生地モーリンツィ村の東方にある。

125 **チュマーク**　牛車で農産物をクリミアに運び、帰りに塩・魚などを持ち帰った、運送業者兼商人。

126 **ルシニク**　65頁の訳注参照。

128 **ワレニキ**　ウクライナの伝統料理。肉、野菜、果物、木の実などさまざまな具材を小麦粉の皮で包んでゆでた料理。餃子に似ている。

129 **キーウ**　キーウ（キエフ）は聖地であり、多くの信者が訪れる巡礼地であった。

131 **聖ワルワーラ**　初期キリスト教の殉教者の一人。彼女の聖遺物が十二世紀にキーウに運ばれたと伝えられている。

133 **カートリャ**　カテリーナの愛称。

134 **聖母被昇天祭**　聖母マリアが昇天した日。八月十五日。

138 **ミコラ聖人**　四世紀頃の小アジアの都市ミコラの大司教。子ども、船員、商人などの守護聖人。サンタ・クロース。

〃 **アカフィスト**　キリスト、聖母マリア、聖人たちを讃美する讃美歌（集）。

139 **塗油式**　病気あるいは終末期の信者に塗油する儀式。

141 **ツァーリグラード**　コンスタンチノープル(現在のイスタンブール)。

〃 **ヴェドロ**　液体の体積の単位。一ヴェドロは、約十二・三リットル。

〃 **ドン**　ロシア南西部からアゾフ海北東部に注ぐ川。現在もキャビアの産地として知られる。

143 **カトルーシャ**　カテリーナの愛称。

カフカーズ

147 **ヤキウ・デ・バリメン**　ウクライナ人のロシア軍将校、アマチュア画家(一八一三―四五)。シェフチェンコは一八四三年のウクライナ旅行で彼と知り合った。ロシアのカフカーズ戦争に従軍して命を落とした。

〃 **エレミヤ書……**　一部語句が除かれて引用されている。

152 **チュレク**　カフカーズ人の常食である酵母を入れないで焼くパン。

〃 **サークリヤ**　カフカーズ山岳地帯の独特の家。

154 **モルドヴァ人**　ヨーロッパ東部、ルーマニアに接する国の住民。モルドヴァは十八世紀後半からロシアとトルコとの係争地となった。

〃 **フィン人**　フィンランドの基幹住民。十三世紀末以降、スウェーデンの支配下に置かれ、一八〇九年、ナポレオン戦争の結果、ロシアの支配下に入った。

〃 **一人の王**　旧約聖書サムエル記に登場するダビデ王。見初めた女性を奪い、その夫を戦闘に追いやって殺害したという故事を指す。

155 **人間を売り買いし**　一八四一年、ロシアは他のヨーロッパ諸国とともにアフリカの黒人奴隷の売買を禁止する条約に署名したが、国内では農奴売買を続けていることをシェフチェンコは糾弾している。なお、スペインはこの条約に署名していない。

死者と生者とまだ生まれざる同郷人たちへ

161 **死者と生者と……**　この詩は正確には「ウクライナおよびウクライナの外に在る、死者と生者とまだ生まれざる同郷人たちへの、わたしのこころからの呼びかけ」という長い表題がつけられている。《呼びかけ》と略称されることが多い。

168 **モンゴル人**　スラヴ人はモンゴル人の子孫であるというドイツ人歴史家の説を皮肉っている。

〃 **チムール**　チムール帝国の創始者（一三三六―一四〇五）。

169 **コラール**　ヤン・コラール（一七九三―一八五二）。スロヴァキアの作家、学者。民族運動の指導者。

169 シャファリク　パヴェル・ヨゼフ・シャファリク(一七九五—一八六一)。スロヴァキアの学者、詩人。民族運動の指導者。シェフチェンコは詩《異端者》(一八四五年)をシャファリクに献じているが、この詩はのちに手稿集『三年』から外された。

〃 ハンカ　ヴァツラフ・ハンカ(一七九一—一八六一)。チェコの言語学者。

〃 スラヴ主義者　一八四〇—五〇年代、ロシアの「西欧主義」に反対する保守的傾向の思想や運動を担った人びと。

170 ブルータス　古代ローマの政治家(前八五—前四二)。カエサル暗殺の首謀者。

171 コクレス　古代ローマ共和国軍の英雄。

173 シノープやトラペゾンド　いずれも黒海沿岸のトルコ側の町。コサックはここまで遠征していた。

〃 ガルショーク　スープまたは牛乳で煮る団子料理。

174 リャフ　ポーランド人を指す。

三年

181 モスクワへの旅　シェフチェンコの物語詩《カテリーナ》(一八三九年)の主人公が、自分を棄てたロシア人将校を追ってモスクワへ向かったことを指す。

〃　**カトルーシャ**　143頁の訳注参照。

182　**オクサーナ**　シェフチェンコの幼なじみで、初恋の相手のオクサーナ・コヴァレンコのこと。

ウクライナ地図
デスナ川
フルーヒウ
セイム川
ニジン
イルジャベツ
ロムニ
スーミ
ベレザニ
ソキリンツィ
ヤホーティン
ペレヤスラウ
ヴィユーニシチェ
ポチーク
ミルホロド
ハルキウ
カニウ
スーラ川
ポルタヴァ
モーリンツィ
キリーリウカ
チヒリン
ホローディシチェ
スボーチウ
ドニプロ川
ホルティツャ島
ザポリッジャ
ドン川
ヘルソン
オデーサ
アゾフ海
黒 海
セヴァストーポリ

キーウ
リヴィウ
現在のウクライナ国境
19 世紀半ばのロシア帝国の
支配地域
0
100 km
ドナイ川

訳者解説

本書は、ウクライナの詩人・画家タラス・フルィホーロヴィチ・シェフチェンコ（一八一四—六一）の二十二篇の詩が収録された手稿集『三年』より十篇を選んで訳出したものである。

詩集『三年』はイメージの豊かさと手法の多様さ、深い思想性において、シェフチェンコの流刑以前の詩作品を代表する詩群である。それほどすぐれた詩集でありながら、生前はもちろん死後も長い間出版は許可されなかった。「アルバム」と呼ばれる手稿集に収められた二十二篇の詩は、その表題が示す通り、一八四三年から四五年までの足かけ三年の間に執筆されている。手書きで写されて知人から知人へと広まり、また国外で出版された一部の詩がひそかに国内に逆輸入されて、その存在は早くから知られていたが、ニコライ一世の秘密警察に押収された原本の全貌は詩人の生前はもちろん、死後も長い間一般読者の前に明らかにされなかった。帝政ロシアが倒れたのちも、ソビエト連邦内における民族間の緊張関係を反映して、完全な形で出版されたのは詩人の死から百年以上後のことである。なぜこれほど長く封印されてきたのだろうか。なぜ、現在もなお生き生きとした力を持ち続けて読む者のこころを摑むのだろうか。

一八四三年春、シェフチェンコはペテルブルクを出発してウクライナに向かった。ウクライナを離れてから十四年ぶり、農奴の子として生まれた彼が自由人となって初めての故郷訪問であった。およそ九カ月間滞在したのち、翌一八四四年二月にペテルブルクに帰るが、四五年三月末ふたたびウクライナに向かい、以降四七年四月に逮捕されるまでキーウを本拠地として暮らすことになる。

最初のウクライナ滞在期間中の一八四三年にベレザニで執筆した《暴かれた墳墓(モヒラ)》から、二度目のウクライナ滞在中の四五年にペレヤスラウで認(したた)めた《遺言》まで長短合わせて二十二篇の詩が自筆で清書されて、一冊のノート、通称「アルバム」に『三年』というタイトルをつけてまとめられた。時期的に分けると、最初のウクライナ訪問の時の作品が二篇、ペテルブルクに帰っていた時期の作品が七篇、二度目のウクライナ滞在中に書かれた作品が十三篇、計二十二篇である。本書に訳出した十篇を中心にそれぞれの時期の代表作を読みながら、シェフチェンコの精神の軌跡をたどってみたい(なお、文中の絵図はすべてシェフチェンコによるものである)。

『三年』以前

一八一四年、キーウ南方のモーリンツィ村で生まれたシェフチェンコは幼くして両親を失い、一八二九年に主人である地主パヴロ・エンゲリガルトの召使として、ヴィリノ（現在のリトアニアの首都ヴィリニュス）に送られた。当時ポーランドとリトアニアはロシアの支配下にあり、エンゲリガルトはヴィリノ総督の副官を務めていたが、翌三〇年のワルシャワ蜂起を機に職を辞してペテルブルクに引き上げた。シェフチェンコが主人の後を追って他の召使とともに首都ペテルブルクに到着したのは、一八三一年一月であった。画才に恵まれていた彼は、装飾画家シリャーエフのもとに年季奉公に出されたが、徒弟期間中に知り合った同郷の美術アカデミーの学生ソシェンコ、同じくウクライナ出身の作家フレビンカ、ロシア人の画家のヴェネツィアーノフやブリュローフ、詩人のジュコーフスキィらに才能を認められ、彼らの尽力で農奴身分から解放された。一八三八年春、解放と同時にペテルブルクの美術アカデミーに入学を許可され、リアリズム画家として令名の高かったブリュローフのもとで画業に励むことになった。ブリュローフは絵を指導しただけでなく、自分の書斎をシェフチェンコが自由に使うことを許可したので、シェフチェンコは貴重な蔵書を片端からむさぼるように読んだ。

美術アカデミーに入学する少し前から、シェフチェンコは詩を書き始めたようである。二年後の一八四〇年には第一詩集『コブザーリ』(表題のみロシア語。詩はすべてウクライナ語で書かれている)を発表してペテルブルク在住のウクライナ人の地主や貴族を中心とするサークルで高く評価され、故郷ウクライナでも熱狂的に迎え入れられた。

しかし、シェフチェンコの詩人としての歩みはけっして順風満帆ではなかった。『コブザーリ』はペテルブルクのロシア文壇にもおおむね好意的に受け入れられたが、翌年同郷の作家フレビンカらとともに出版した文集『つばめ』、および一七六八年に起きたコリフシチナの一揆をテーマとした長編歴史叙事詩『ハイダマキ』は、ロシアの高名な批評家ベリンスキィによって徹底的に批判される。ベリンスキィは過去の遺物としての民衆口碑文学以外のウクライナ語の作品を文学として認めず、ウクライナ語それ自体もすでに存在意義を失った言語であると考えた。

一七〇九年のポルタヴァの戦いでコサックを中心とするヘトマン国家が敗れた結果、ロシアによるウクライナ支配が強化された。文化的活動をモスクワとペテルブルクに集中させ、出版はウクライナでは困難となった。ウクライナの学校教育の場での言語や上流階級の口語にもロシア語が使用されるようになった。このような状況下でもウクライナ語復興の努力は続けられていた。一七九八年にコトリャレフスキィが古代ローマのヴェルギリウスの『アエネーイス』を模して書いた『エネイーダ』が、近代ウクライナ語による最初の文学作品とされている。ウクライナ最初の哲学者スコヴォロダの活動や、ハルキウ大学の研究者を中心とするウクライナ民謡や詩の蒐集、作家クリシらの活動に続いて、近代ウクライナ語を文学の言語として確立したのが、シェフチェンコであった。

ベリンスキィの『ハイダマキ』評が雑誌『祖国雑記』に掲載されたころ、シェフチェンコは精神的に追い詰められていた。彼は肖像画や挿絵を描いて得られる収入と「画家奨励協会」から支給される奨学金を生活の資に充てていたが、「最近画業に専念していない」という理由で奨学金が打ち切られた。美術アカデミーのコンクールで金賞を獲得してイタリアに留学することが画家としての念願であったが、彼の獲得したのは銀賞であった。官費留学の夢は絶たれても、彼はまだ外国行きをあきらめきれないでいる。この時期の精神の葛藤を示す手紙が残されている。

> わたしときたら、何をするでもなく、何を見るでもなく、この呪うべき沼地をうろついては、わがウクライナを想っています。……復活祭の後になるでしょうが、わたしは何としてでも逃げ出して、まっすぐにあなたのところに行き、それからさら

に遠くへ行くつもりです。（一八四三年一月二十五日、Г・タルノフスキィ宛）

わたしはウクライナには期待していません。そこには人間はいません。呪うべきドイツ人がいるだけです。……三月に外国に行くつもりです。小ロシア（ウクライナのこと）へは行きません。そこではわたしは泣くだけで、何も聞くことができないでしょうから。（一八四三年一月末、クハレンコ宛）

ウクライナへ行くことを告げるタルノフスキィ宛の手紙でも、目的は「それからさらに遠くへ行く」ことにあるようだし、クハレンコ宛の手紙では、外国に行くつもりであって「小ロシアへは行きません」と言い切っている。しかし、外国旅行をするだけの経済的裏付けはなく、ペテルブルクから逃げ出すには、彼を郷土の生んだ天才詩人・画家として歓迎してくれるウクライナに向かう他に道はなかった。

ウクライナへ――『三年』の始まり

支援者である地主のタルノフスキィの招待を受けたシェフチェンコは、友人である作家のフレビンカと彼の妹とともに一八四三年五月、ペテルブルクを後にした。カチャニウカのタルノフスキィ邸を辞した後、プリルキ、ピリャーティン、ペレヤスラウを経て、六月初めにキーウに到着して、すでに手紙のやり取りのあった作家のクリシと感激の対面を果たした。二人でキーウのメジヒリャ修道院やザポリッジャ、ホルティツャ島への旅を楽しんだ。その後ふるさとのキリーリウカに寄った後、友人フレビンカの領地ウビジシェを訪ね、フレビンカに連れられてモイシフカ村のヴォルホフスカ夫人の屋敷で行われていた二夜連続のパーティに出席した。この旅行中、シェフチェンコは主としてドニプロ川東側の左岸ウクライナに領地を持つ裕福な地主たちに招待され、歓待されるが、ヴォルホフスカ夫人のパーティでは親しい関係を結ぶことになる多くの友人を得ている。民俗学者で作家のアファナーシェフ・チュジビンスキィ、のちに詩《カフカーズ》を捧げたヤキウ・デ・バリメン、ザクレフスキィ兄弟と長兄の妻ハンナ、デカブリストの南方結社のメンバーであったオレクサ・カプニストたちである。オレクサ・カプニストはシェフチェンコをヤホーティンのレプニン家に伴った。

当主のレプニン公爵はロシア政府の要職にあった人物であるが、弟のセルゲイ・ヴォルコンスキィはデカブリスト蜂起の参加者の一人としてシベリアに流刑中であった。屋敷内にはセルゲイの記憶が満ち満ちており、とくに公爵の娘ワルワーラは叔父に対する

農民の家族(油絵，1843年)

深い敬慕の念を抱き続けていた。専制と農奴制の廃止を求めて立ち上がったロシア最初の革命の参加者たちに深い共感を寄せていたシェフチェンコにとって、レプニン家は特別の場所となった。最初のウクライナ旅行中で最も長く滞在しているが、その間にデカブリストを讃える詩《追悼》を書いてワルワーラに捧げている。この詩はシェフチェンコの詩作品には稀なことであるが、ロシア語で書かれており、『三年』には収められていない。レプニン家ではスイスの画家ホーヌングの描いた公爵の肖像画の模写を依頼されている。その後シェフチェンコは招待してくれた地主を訪れたりしながら、各地の遺跡を精力的に見物して回った。

九月に甥の洗礼式で教父を務めたあと、ベレザニを訪れた。このときロシアの学術調査隊が実施していた古墳発掘の現場に遭遇する。その体験からインスピレーションを得て書いたのが《暴かれた墳墓(モヒラ)》である。ここでウクライナの歴史を瞥見しておこう。

キーウ・ルーシ(キーウ大公国)が十三世紀に解体した後、荒れ果てて無人の荒野と化していた現在のウクライナの地に、十五世紀ごろから「群れを離れた人」を意味するコサック(ウクライナ語ではコザーク)が住み着き、自衛のために軍隊を組織した。この武装集団がウクライナのコサックの起源である。ウクライナ・コサックはその後、すぐれた指導者であるペトロ・サハイダーチヌィによって正教を核とする自覚的な民族集団へと変貌を遂げた。彼の死後、一六三二年にペトロ・モヒラがキーウに正教の教育機関である「キーウ・モヒラ・コレギウム(のちにアカデミーと改称)」を設立して、キーウはふたたびこの地域随一の一大文化センターとなった。この時期コサックは国家として独立していなかったため、ポーランドに軍事力を提供するという形で活動していた。しかし、ポーランド貴族のコサックに対する支配が厳しくなるにしたがってコサック側の反発が強まり、当時のコサックの首領であったボフダン・フメリニツキィの指揮のもと、一六四八年に対ポーランド戦争が始まった。フメリニツキィは当初はトルコ系のタタールと組んでポーランド戦を有利に進め、右岸ウクライナをコサック領とすることをポーランドに認めさせた。しかしタタールとの同盟も強固なものではなく、苦戦を強いられる状況になったため、一六五四年に新興のモスクワ(ロシア)との間に保護条約を結び、ロシ

墳墓(モヒラ)の近くを通る商人(チュマーク)(水彩画，1846年)

アの庇護下に入る道を選んだ。ところが、それからわずか十三年後にはモスクワはポーランドとの間でアンドルソボ条約を結んで、ドニプロ右岸はポーランドの、左岸はロシアの宗主権を相互に認めあったため、ウクライナの独立はふたたび失われることになった。

ウクライナの苦難の歴史は、フメリニツキィがロシアの庇護のもとに入るという愚かな選択をしたために生じた、と考えるシェフチェンコのフメリニツキィ批判は、この《暴かれた墳墓》から始まる。ウクライナをロシアに売り渡したフメリニツキィ、ウクライナを支配するロシア人、そのロシア人を助ける愚かなウクライナ人の息子、この三者がウクライナを抑圧する者として非難される。

《無題(チヒリンよ、チヒリンよ)》では、《暴かれた墳墓》と同じく、ウクライナ・コサックの過去の栄光と現在の悲惨な状況を対比させながら、ウクライナの現状を「死んだように横たわり、雑草が生い茂り　カビに覆いつくされた」状態、「ぬかるみや泥沼

の中で　人びとのこころを腐らせ」てしまった状態であるとシェフチェンコは考える。チヒリンにはもはや昔日の栄光の影はなく、「愚か者」であるわたしは廃墟にたたずみ、いたずらに涙を流すだけである。だが、わたしのこころに変化が生じる。眠りこんでしまった人びとのこころを目覚めさせ、草ぼうぼうの休耕地を耕して新しい種を蒔くために、自分のことばを役立てることができるのではないかと考え始めるのである。最初の詩集『コブザーリ』(一八四〇年)所収の《ペレベンジャ》のなかで、彼は老コブザ(ウクライナの伝統的な弦楽器)弾きを、「神のことばを語る人」と表現している。このときすでにウクライナの運命に対して「ことば」を媒介として関わりあうという予感を持つのであるが、ウクライナの運命の預言者としての使命をはっきり自覚するのは、《チヒリンよ、チヒリンよ》においてである。《暴かれた墳墓》に表現された抑圧者に対する厳しい批判は一歩退き、この惨憺たる状況の中で詩人である自分は何を為すべきかという内省が強くなる。シェフチェンコは自筆のアルバムを綴じる際、《チヒリンよ、チヒリンよ》を《暴かれた墳墓》の前に置いている。

チヒリンにはフメリニツキィの居城があり、その後も数代のヘトマンが屋敷を構えたコサック史上重要な土地である。シェフチェンコはチヒリンという地名に歴史的意味だけでなく、ウクライナの未来を左右する象徴的な場所としての意味も与えている。《暴かれた墳墓》では、母なるウクライナに「こうなるとわかっていたら、赤子のうちにおまえの呼吸を止めてしまったのに」と言わせて、徹底的にフメリニツキィを糾弾したシェフチェンコであるが、この詩では擬人化されているのが「チヒリン」という地名であるとはいえ、フメリニツキィに対してはやや複雑な感情をにじませている。誤った選択をしたためにウクライナを破滅に導いたが、われわれの問いかけ次第で明らかになる真実を腕に抱いたまま眠っている偉大なヘトマンであり、ウクライナの未来を拓く鍵を握る人物でもあると考えるのである。

シェフチェンコは詩集の最初に、『三年』期の第一作の《暴かれた墳墓》ではなく《チヒリンよ、チヒリンよ》を置くことによって、ウクライナの詩人としての覚悟を新たにしたのである。この作品は、ウクライナ旅行からの帰途立ち寄ったモスクワで親しい友人シチェープキン(農奴出身の演劇家、ロシア・リアリズム演劇の祖とされる)に捧げられた。

ペテルブルクで――『三年』第二期

九カ月の旅を終えてシェフチェンコがペテルブルクに帰った目的は、第一に美術アカデミーの課程を終えること、第二に肉親を農奴身分から買い戻すための資金を準備することであった。

資金調達のために、彼は『絵のように美しいウクライナ』というタイトルの銅版画集の出版を計画した。六枚の銅版画で構成された『絵のように美しいウクライナ』第一集は、一八四四年八月末から九月にかけて出版されたようである。ウクライナの自然や歴史的伝承をテーマに描かれた銅版画はシェフチェンコの一八四三年のウクライナ旅行の大きな成果であると同時に、当時のウクライナの風景画、歴史的絵画としても注目される業績であった(二一三頁参照)。

各方面からの援助にもかかわらず、兄弟姉妹の買い戻しのために地主から提示された「銀貨で二千ルーブル」という資金を調達することは困難であった。シェフチェンコの当初の計画では版画集は三部作になる予定であったが、第二集以降は出版されていない。

画集出版の準備をしていた時期からこの年の末までに、彼は《ふくろう》をはじめとする七篇の詩を書いている。《ふくろう》はウクライナの農村を舞台にしている。貧しい母が愛しい息子を軍隊にとられて気がふれ、ふくろうのように泣きながら村中を彷徨(さまよ)い歩くという悲劇である。《乙女の夜》は孤独な少女の不幸せな青春を、《日曜にも休まず》は貧しい男女の実らなかった恋を描いた小品で、いずれもウクライナの民話に題材をとっている。

これらの比較的地味な作品と並んで、シェフチェンコの全詩作品中で最も有名な詩のひとつである《夢》が生み出された。「喜劇」という副題のついたこの作品は、批判の激しさ、風刺の辛辣さ、怨念の深さ、いずれをとっても尋常ではない険しさを感じさせる。表題に続いて、ヨハネの福音書からの一節が引かれている。

　主人公が酔っぱらって見た「夢」の内容を物語るという設定で始まる夢の舞台は、主人公の暮らす「現代」のウクライナとシベリアとペテルブルクである。主人公は「ふくろう」のようなものの後を追って空を翔(と)んで行く。眼下に出現したのはウクライナの農村である。夜明けの露に覆われて緑にけぶる野は果てしなく広く、たとえようもなく美しい。しかし、よくよく眺めれば、着るものも食べるものも満足に得られない貧しい民衆が、奢侈(しゃし)の限りを尽くす旦那衆のために、最後のぼろの野良着まではぎとられてこき使われている。子どもが飢えて死にかけているというのに、母親は賦役に駆り出される。父なし子を生んだ娘は家を追い出されるが、旦那の小倅(こせがれ)は次の相手の農奴の少女と酒を酌み交わしている。

わたしの目よ、おまえは　いったい何の役に立ってきたのか？
なぜ　子どものころに干からびてしまわなかったのか？

『絵のように美しいウクライナ』第一集収録の銅版画(1844 年).
(上)キーウにて. (下)1649 年のチヒリンの贈り物

なぜ　涙で溶けてしまわなかったのか？

《夢》の第一の舞台ウクライナで主人公が見た光景は、まさにシェフチェンコの一八四三年の旅行の体験そのものであった。のちに友人クハレンコ宛に書いている。「昨年わたしはウクライナに滞在していました。……あらゆるところに行きました。そしてわたしはずっと泣き通しでした」。

第二の舞台は雪に覆われたシベリアの鉱山である。盗人たちにまじって、額に烙印を押され、鎖につながれた「全世界のツァーリ」がいる。「自由のツァーリ」は過酷な労働に駆り立てられても憐れみを求めず、泣き言も言わず、呻き声さえ立てない。「ひとたび善によって暖められたこころは永遠に冷えることはない！」と、作者が讃えている受難者は、おそらくデカブリストであろう。前年のウクライナ旅行でヤホーティンのレプニン家に滞在したとき、デカブリストのセルゲイ・ヴォルコンスキィの記憶がいまだに強く残されていることに深い感銘を受けた作者が、この場面を設定したと思われる。

比較的短い「シベリア」の記述に続いて、この詩の舞台の大半を占める首都「ペテルブルク」が登場する。第一の舞台ウクライナの農村も第二の舞台シベリアも、「現代」のロシア帝国内の現実を伝えているのであるが、第三の舞台ペテルブルクの場面ではまさに今行われている帝国支配の実態が描かれている。大きな沼地の中に造られた首都ペテルブルクで主人公が見物するのが、ツァーリを頭（かしら）に戴く支配者たちの滑稽な姿である。まばゆいばかりの宮殿に居並ぶ大臣、高官たち。ツァーリの理不尽で屈辱的な仕打ちにじっと耐えた彼らが、つぎつぎと自分より身分の低い者に憂さ晴らしをする様子が、思い切り戯画化されて描写される。

これら宮廷群像の中で最も辛辣な揶揄の対象になっているのが皇妃である。「哀れな皇妃。干からびたキノコのように痩せこけて　脚の長いその人」が、頭を揺り動かしながら歩いている様子を見て、主人公は驚き呆れ、彼女を「女神」とたたえる詩を詠んだ宮廷詩人たちに侮蔑のことばを投げかける。のちに問題となる箇所である。シェフチェンコとしては、おそらく皇妃を個人攻撃するつもりはなく、権威にへつらう御用詩人に対して、同じ詩人としての立場から侮蔑の眼差しを向けたつもりであろうが、皇室にとってはあまりに挑発的で屈辱的な、同時に「忘恩」ともいうべき表現であった。

場面は転じて宮殿の外。錐（きり）のような尖塔をもつ建物と、馬上の騎士。「全世界をその手でつかみ取ろうと欲するかのよう」な騎士像の台座には「一世へ　二世より」という句が刻まれている。「ウクライナを磔（はりつけ）にした　あの一世」と「身寄りのない寡婦を完膚なきまでに破滅させた　あの二世」だ。この像を見ながら主人公は、ウクライナの歴史を紐解いているようで辛くなる。ピョートル一世の時代、フルーヒウの町からコサックの部隊を引き連れてこの地にやってきて、沼地の上に都を築くことを命じられ、最後にはペトロパヴロ要塞監獄で責め殺されたヘトマン代理のポルボトク。この都はポルボトクをはじめとするウクライナ人の尊い人骨の上に建設されたのである。

最後に作者は、現代のペテルブルクに暮らすウクライナ人への批判も忘れない。鵜の目鷹の目で他人のものを狙っている貪欲な輩のなかには、同胞の姿もちらほら見える。「おまえがロシア語をものにする前に、父親は　牝牛の最後の一頭をユダヤ人に売り払ったかもしれない」と「わたし」は嘆く。

一八四三年のウクライナ旅行を境にして、シェフチェンコのペテルブルクに対する印象は大きく変わった。かつては異郷の暗く寒い都であっても、芸術、文化、学問の中心であり、なにより自分を農奴の軛から解き放ってくれた自由の都であった。しかし、疲弊しきったウクライナの現実と、今なお隷従の境遇に苦しむ肉親をはじめとする同胞の姿を自分の目で確かめた今では、もはや首都は支配と抑圧の象徴以外の何物でもない。この年の十一月から十二月にかけて第二期の最後の三篇を書いている。《なぜわたしは辛いのか》《魔術師よ、わたしに魔法をかけてくれ》、そして《ゴーゴリに》の比較的短い三篇の詩である。《夢》における、何物をも容赦しない冷徹な目と厳しい批判とは打って変わって、悲痛な沈んだ空気が漂っている。

本書ではこの時期最後の《ゴーゴリに》を紹介した。ゴーゴリとはほかでもないロシア近代小説の祖と評される作家である。左岸ウクライナのポルタヴァ県の小貴族の家に生まれ、ギムナジウム卒業後ペテルブルクに出て、初めは官吏としての成功を目指したが、のち文学の道に転じる。ゴーゴリはロシアの悪を滑稽化し、嘲笑することによって批判しようとした。ロシア語という媒体を用いたことも、シェフチェンコとは異なっていた。この小品のなかでシェフチェンコは、「わたしたちは笑い、そして　泣こう」とつぶやいて、尊敬する先輩と自分の歩む道が離れていることを嘆いている。

ふたたびウクライナへ──『三年』の完成

一八四五年三月、美術アカデミーの課程を修了したシェフチェンコは、美術アカデミー評議会にたいしてウクライナ旅行の許可証発給を申請した。三月二十二日付で交付された許可証には、彼が「絵画の仕事のために小ロシアに出発する」と記されている。

ペテルブルクを出発してモスクワに短期間滞在した。モスクワでボジャンスキィとシチェープキンに会うが、このときボジャンスキィから、チェコの宗教家であり、スラヴ再生運動の指導者であったヤン・フスに関する資料を見せられて非常に興味を持った。のちに知識を補って書き上げたのが《異端者》(一八四五年)である。この作品は『三年』に収められていたが、後に詩人自身の手で詩集から除かれた。

モスクワを発った後、ポドリスク、オリョールを経て、四月末か五月初めにウクライナでの滞在先に決めていたルキャノヴィチの領地マリヤンスケに到着した。マリヤンスケに滞在中、ポルタヴァ、クレメンチュークなどを訪問して数枚の絵を残している。六月初めにキーウの友人マクシモーヴィチのもとに移った。このころ、キーウでヤン・フスに関する資料を改めて読んだようである。同じころ考古学委員会から歴史的記念物を描くことを依頼された。マクシモーヴィチを通じた非公式の依頼であったが、のち十二月十日に正式の依頼を受けている。二回目のウクライナ滞在では方々を旅行しながらも本拠地をキーウに置いている。

ウクライナに向けて出発する前に、ワルワーラ・レプニナから父レプニン公爵の死を知らせる手紙を受け取っていたが、キーウに落ち着いたこの時期までヤホーティンを訪れる機会を作れなかったシェフチェンコは、七月にキーウ東方のプリルキを旅した際に、フスチンスキィ修道院にある公爵の墓に詣でた。プリルキからさらに東のロムニを目指したが、その途中でソキリンツィ村とジグチャリ村にも立ち寄っている。この両村もウクライナの富裕な地主の領地であったが、シェフチェンコは一八四三年の旅行の時と同じく、地主と農奴との間にある埋めようのない溝に心を痛めた。この時の体験を後に小説『音楽家』に描いている。

ロムニには、当時その名を知られたイリインスクの定期市が立っていた。この市で彼はウクライナの新しいリアリズム演劇の創始者であるソレニクの舞台を見、彼と直接話をする機会を持った。八月にキーウの近くのペレヤスラウまで戻って、友人である医師のコザチコフスキィのもとに身を寄せた。ペレヤスラウ旅行は考古学委員会から依頼された仕事のためであった。

ペレヤスラウでの仕事を済ませた後、ポチーク村のB・タルノフスキィを訪ねた。タルノフスキィはニジンのリツェイ（男子貴族学校）でゴーゴリと同級であり、その後モスクワ大学で学んだ教養ある地主であった。妹のナージャはシェフチェンコが逮捕されたとき手元にあった彼の詩の手稿を箱に収めて土中に埋め、釈放後にふたたび取り出して生涯大切に保管していたという。シェフチェンコは晩年、彼女に詩《H. T.》を捧げている。

一八四五年の自画像（鉛筆画）はポチーク村滞在中に描かれた作品である（本書カバー参照）。毅然とした面持ちながら精神的余裕と自信を感じさせる自画像は、一八四三年ヤ

自画像(ペン画，1843 年)

ホーティンで描かれたペン画による自画像（右頁参照）とは全く印象が異なっている。ヤホーティンの自画像はひどく思いつめた、あるいは追い詰められたような険しい表情を見せている。この二枚の自画像は、シェフチェンコの一年半あまりの精神の変化を如実に物語っているようである。

九月にキリーリウカ村を訪れ、従兄弟らとともに村の教会で開かれた宴会に招待された。このときに詩《カフカーズ》の冒頭の部分を村人に諳んじて聞かせたが、従兄のヴァルファローミィに、民衆の啓蒙と教育を考えているなら、このような詩を人前で読むべきではない、と注意された。シェフチェンコはその日帰宅してからろくに口もきかなかったという。シェフチェンコの詩の激しいことばは彼の内面そのものであるが、そのことばが大きな災禍を招くことになるのではないか、という危惧の念をヴァルファローミィは抱いたかもしれない。キリーリウカ村を後にしたシェフチェンコは、姉カテリーナの家を訪ねてからキーウに戻った。

十月からミルホロドに滞在して考古学委員会の仕事に従事し、同時に詩作も再開した。『三年』の第三期である。『三年』は一冊にまとめられた作品集ではあるが、この時期以前と以後とでは内容に大きな違いが見られる。その違いはシェフチェンコが自分の使命を明確に自覚したことから生じている。その自覚とは、ウクライナの現実を歴史的に批判する民族詩人としての自覚と、神のことばを伝える預言者としての自覚である。十月四日付の《金持ちを羨むな》《金持ち女と結婚するな》の短詩二篇は、一八四三年春から翌四四年一月にかけてのウクライナ滞在中の体験から生まれたものである。シェフチェンコは彼の詩に感動した多くの人びとから歓待された。訪れる土地土地の有力者が競って彼を招待した。それは輝かしい成功ではあるが、反面、彼の心を虚しさが襲ったであろう。真実の友と、有名な詩人と知り合いになったことを自慢したいだけの人間との区別も明らかになってきたころである。

この後に書かれた《盲目の人》は、エカチェリーナ二世によるザポリッジャのシーチ破壊後のコサック社会を背景としている。対トルコ戦争で負傷し盲目となった若いコサックと婚約者の悲劇を描いた作品である。

シェフチェンコの歴史観を形成したのは、コニスキィ編とされる『イストーリア・ルーソフ』である。ルーシ人(ウクライナ人)の歴史書という体裁で記述されているが、内容はコサックの歴史である。一八四六年にモスクワで出版されたが、それ以前に手書きで広まり、多くの作家や歴史家に読まれた。コサックは自由と平等を体現すべきシンボル的存在であった。シェフチェンコも写本の段階でこの本を読み、大きな影響を受けた、といわれている(『イストーリア・ルーソフ』については、中井和夫「うそからでたまこと」、和

田春樹編『ロシア史の新しい世界』山川出版社、一九八六年、参照)。ツァーリの独裁によって国家を統治したロシアや、王と貴族が権力を握っていたポーランドと異なって、ウクライナではコサックが基本的に合議制と選挙制によってヘトマンを選出したことを、シェフチェンコは高く評価していたようである。

スボーチウのボフダン教会(水彩画, 1845年)

第三期の作品で最も注目されるのが、大作《**偉大なる地下納骨堂**》である。副題である「神秘劇」とは、中世の宗教的演劇の一形態で、シェフチェンコの時代のウクライナでも「ヴェルテップ」と呼ばれる人形劇として広く上演されていた。シェフチェンコはソキリンツィとドゥリフカに滞在したときにヴェルテップを観る機会があったので、この経験から形式上の示唆を得たのかもしれない。

冒頭にはダビデの詩篇からの引用が置かれている。本文は「三つの魂」「三羽のカラス」「三人の竪琴弾き」の三部からなっている。彼らはスボーチウ村にあるフメリニツキィの「偉大なる地下納骨堂」がロシア

人の手で発掘される現場を見物するために集まってきている。

第一部「三つの魂」は、この世で行った悪のために大国に入ることを許されていない三つの魂がそれぞれの罪を告白しあう場面から始まる。第一の魂は、まだ幼い少女時代、フメリニツキィがモスクワのツァーリとペレヤスラウで保護条約を結ぶために旅発つ際に、彼に幸運を与えた罪。第二の魂は、少女時代に相手が誰とも知らずピョートル一世に便宜を図った罪。第三の魂は、まだ赤子でまったく相手の見分けがつかなかったときに、ドニプロ川で舟遊びをするエカチェリーナ二世に笑みを送った罪である。

《暴かれた墳墓》では、対ポーランド戦争を有利に導くためにロシアと保護条約を結んだフメリニツキィを「こうなるとわかっていたら、赤子のうちに　おまえの呼吸を止めてしまったのに」とさえ言っているのであるが、《偉大なる地下納骨堂》では自分が何をしたかの自覚もない幼い子どもの行為が批判される。それはウクライナを支配するロシアに対する批判よりも激しく感じられる。シェフチェンコはロシアの支配者の中でエカチェリーナ二世に最も激しい非難の鉾先を向けている。ピョートル大帝の時代にウクライナの自治は徐々に制限されていったが、左岸におけるヘトマン国家の存在は認められていた。エカチェリーナ二世は一七六四年にヘトマン制度を廃止し、七五年にはザポリッジャの本営を破壊し、ヘトマン国家そのものを完全に滅ぼした。ウクライナは

ず涙を流しながら、わが子を立派に育て上げ、良い伴侶を得たのを見届けてからキーウ巡礼の旅に出る。カテリーナが男に捨てられて生きる希望を失ったのにたいして、ハンナは自分の人生のすべてを息子のために捧げている。この物語には息子の父親は姿を現さない。身を守るべきものすべてを奪われた未婚の母であるが、わが子を生かす道を切り開く強さと賢さを持った女性としてハンナは登場する。母と名乗らずに堪えた悲しみと苦しみの深さを思いやって、作者はキーウ巡礼や、死の直前の告白の場面を限りなく暖かな眼差しで描いている。詩集『三年』のテーマとはやや異質な印象を受けるが、未婚の母を意味する「ポクルィトカ」は農奴制下のウクライナにおいて大きな社会問題であると同時に、時代を超えて男女間に存在する共通の問題でもあり、シェフチェンコは作品のテーマとしてしばしば取り上げている。ポクルィトカを主人公とする最後の大作が、イエスの母の生涯を描いた《マリア》（一八五九年）であった（拙訳『叙事詩　マリア』群像社、二〇〇九年、参照）。

《カフカーズ》は、一八四三年のウクライナ旅行の際に知り合って親しくつき合っていた友人ヤキウ・デ・バリメンがカフカーズ遠征に従軍して、この年の七月に命を落としたのを悼んで書かれた詩である。冒頭にはエレミヤ書からの引用がある。それぞれの文化と宗教に従って平和に暮らしている異民族の土地を、領土拡張政策によってつぎつぎに征服するロシア帝国の野望、その野望のために犠牲になった友の死はまったくの無駄死にであった。《カフカーズ》はウクライナ人である友人の死を悼んで書いたものであるが、ウクライナ色は希薄である。カフカーズという地域にロシアによる他民族支配と植民地政策を象徴させてツァーリズムを批判した作品であり、ロシアの支配に苦しむすべての民族に思いをはせた詩である。

『三年』の最後の時期である一八四五年十月から十二月にかけての三カ月は、最も多くの詩作品が集中して生み出された期間であった。十月、ペレヤスラウのコザチコフスキィ邸に来た時、シェフチェンコの体調はすぐれなかったが、コザチコフスキィの回想によると、精神活動は非常に活発だったことがわかる。

「〔シェフチェンコは〕わたしのもとで二カ月近く暮らした。午前中は彼はたいてい書き物をしていたが、一人で居たいとは思っていなかった」。コザチコフスキィは当時ユダヤ人たちと一緒に仕事をしていたが、騒々しい彼らがシェフチェンコの仕事の妨げになることはなかったという。彼は「書き続けながらユダヤ人たちの話に耳を澄まし、彼らの話に口をはさみ、何かを言っては彼らを笑わせ、自分も大笑いしながら、手を休めずにせっせと仕事を続けるのであった。夜は話をして過ごした」。「彼がごく最近になって自由の身になったことを考えると、夜ごとに会話に新しい視点を提供することのできる彼の成長ぶりと話題の豊富なことに目を瞠る思いであった」とコザチコフスキィは書き残している。

十二月初めにコザチコフスキィの住む建物の改修工事が行われたため、近くのヴィユーニシチェ村のサモイロフの家に移ったが、ここに滞在していた二週間の間に《死者と生者とまだ生まれざる同郷人たちへ》《冷たい谷》《ダビデの詩篇》《小さなマリヤーナに》《日が過ぎ、夜が流れ》《三年》の六篇を書いている。しかし、体調が悪化したことを心配したサモイロフの勧めにしたがって、医師であるコザチコフスキィのもとに戻ることになった。そしてコザチコフスキィ邸で書いた《遺言》をもって詩集『三年』が終わる。病名はわかっていないが、容態は重く、死を覚悟して書いた「遺言」であった（シェフチェンコ自身は表題をつけていないが、《遺言》という題で広く知られている）。《死者と生者とまだ生まれざる同郷人たちへ》と《遺言》の日付を十二月十四日と二十五日にしたのはおそらく象徴的意味をこめてであろう。前者はデカブリストの蜂起の日である。専制と農奴制の廃止を求めて立ち上がったロシアで最初の革命の担い手である貴族青年将校たちの高邁な理想主義と犠牲的精神をシェフチェンコは高く評価して、作品でもたびたび取り上げている。

《死者と生者とまだ生まれざる同郷人たちへ》は、表題に続いてヨハネの手紙からの章句が引かれている。この詩は、ウクライナの地主階級を中心とする知識人への呼びかけが主要なテーマである。父祖の地の荒廃と農民の窮状をよそに、彼らが経済的利益の追求と外国文化(ロシアを含む)の受容にこころを奪われていることを批判し、ウクライナの中にこそ真実を探し求めるべきであり、力も教養もある彼らこそ「小さな弟」である農民を困窮から救うために手を差し伸べるべきであると訴えている。

「知識人の責任」の追及というテーマと並ぶ、この時期のもう一つの大きなテーマは「聖書」である。コザチコフスキィの回想によると、シェフチェンコは夜の談話の話題にしばしば聖書を取り上げていたという。このころの精神活動の中で聖書が大きな場所を占めていたことがわかる。十八世紀のウクライナ農民の一揆(ハイダマキ)をテーマとする《冷たい谷》のあとに《ダビデの詩篇》が続いている。詩篇の翻訳に近いものから彼の解釈で大きく変えられたものまで十章が選ばれている。そのほとん

ペレヤスラウの昇天大聖堂(水彩画, 1845 年)

どは悪人がはびこり、貧しい者が虐げられる現世を「神の義」によって正してほしいと願う、神への訴えである。

《三年》では熱狂から幻滅へと移ろった三年間を振り返り、《遺言》で自分の死後に素晴らしい世界が実現することを強く願っている。シェフチェンコの詩のなかで最も親しまれ愛唱されている作品である。

一八四六年はじめに、一冊の詩集として綴じるにあたって、シェフチェンコは作品を清書した紙片の冒頭にエレミヤの哀歌からの抜粋を置いた。

私たちの先祖は罪を犯しました。
彼らはもういません。
彼らの咎を私たちが背負いました。
奴隷たちが私たちを支配し、
だれも彼らの手から
私たちを救い出してくれません。
首長たちは彼らの手でつるされ、
長老たちも尊ばれませんでした。

若い男たちはたきぎを背負ってよろめき、
年寄りたちは、城門に集まるのをやめ、
若い男たちは、楽器を鳴らすのをやめました。

エレミヤ哀歌　五章　七―十四節

『三年』以後

健康を取り戻したシェフチェンコはキーウで考古学委員会の仕事を再開した。さらに、キーウに腰を据えて生活することを決意し、一八四六年に病気で退職したキーウ大学絵画教師の後任として就職することも決まっていた。その少し前に、歴史学者のコストマーロフと知り合い、キリル＝メフォーディ兄弟団を紹介された。この団体はキリスト教の精神に則って、スラヴ諸民族の友好と団結を図ろうとするもので、運動としての実体はなく理念を語り合っていたにすぎなかったが、ウクライナの反政府運動に神経をとがらせていたニコライ一世の秘密諜報機関(第三部)のスパイによって密告され、一八四七年春にメンバー全員が逮捕された。

当初団体とのかかわりはないと考えられていたシェフチェンコが、メンバーの中で最も重い判決――オレンブルク国境警備隊に無期流刑、「書くことと描くことを禁止して最も厳しい監視下に置く」――を受けたのはなぜか。それは《夢》をはじめとする反逆的な詩を書いたことに加えて、その詩がツァーリの妃であるアレクサンドラの容姿を侮辱して、「大恩」ある皇室に対する重大な不敬の罪を犯したという理由による。「大恩」とは農奴から解放されたときの事情を指している。シェフチェンコの主人が要求した買い戻し金二千五百ルーブルを調達するために、画家のブリュローフが、当時皇太子の教育係を務めていた詩人のジュコーフスキィの肖像画を描き、それを皇室で競売にかけた。絵を購入する権利を引き当てたのは皇帝の家族であったが、支払われたのは一千ルーブルであり、残りの金はブリュローフらの奔走で調達されたとも伝えられている。ともあれ、解放に際して「大恩」を受けたのに、恩をあだで返したというのであろう。首謀者とされるフラークが三年の禁固刑と宣告されたが、他のメンバーは比較的軽い刑であった。シェフチェンコは明らかに別の基準で裁かれたのである（この事件とシェフチェンコの関係については、拙稿「キリル・メフォーディ団事件とシェフチェンコの流刑」『世界文学』第七七号、一九九三年、参照）。この時の判決に対して、ベリンスキィは「自分が判決を下すとしても、これ以上軽い刑にはしない」と友人への手紙に書いている。

シェフチェンコが自由であった期間はわずか九年であった。突然人生を断ち切られ、周囲の世界から隔離されて兵士としての苛酷な生活を強いられた孤独な日々の支えとなったのは、やはり聖書(福音書)であった。一八五五年にニコライ一世が死去して多くの囚人が恩赦を受けたが、シェフチェンコが友人たちの尽力で解放されたのは一八五七年の夏であった。

シェフチェンコの生涯については、拙訳『シェフチェンコ詩集　コブザール』(群像社、二〇一八年)の解説を参照していただきたい。

訳者あとがき

シェフチェンコの手稿集『三年』を日本語に訳すことは、わたしの長年の課題であった。詩人の最初の詩集『コブザーリ』(一八四〇年)、第二の詩集『ハイダマキ』(一八四一年)に続く時期(一八四三—四五年)に生み出された『三年』は、前二集との確かな連続性を保ちながら、新たな地平を切り開いた作品群である。シェフチェンコの思想の核心を披瀝すると同時に、彼が十年間の流刑という過酷な運命を背負う原因となった作品集でもあった。

シェフチェンコが詩作を始めた一八三七年から死の直前の一八六一年二月までの作品の中から、数にしておよそ半分の百一篇(抄訳を含む)を選んで訳した『シェフチェンコ詩集 コブザール』(群像社、二〇一八年)では、第一部「孤独・流離(さすらい)」、第二部「歴史・思索」という二つのグループに分けて、シェフチェンコの全体像を読者に紹介することを試みた。

岩波書店編集部の小田野耕明氏より『シェフチェンコ詩集』の出版の話をいただいたとき、前訳詩集を出版してからまだ時間が経っていなかったため、躊躇する気持ちが強かったが、わたしの念願であった『三年』を訳してほしいと提案されて、この仕事をお引き受けする決心をした。前訳詩集では、『三年』所収の詩は、比較的短い作品と、一部の長編の抄訳を紹介するにとどめた。しかし、本書では、対象を『三年』に限定しながら、《偉大なる地下納骨堂》《死者と生者とまだ生まれざる同郷人たちへ》をはじめとして長詩を中心に十篇を選び、前訳詩集では紹介できなかった作品を全訳することを課題とした。

いざ翻訳を始めてみると、読んでいただけの時には気づかなかった詩の内容の難解さに圧倒され、頭を抱える日々の連続であった。何とか目標を達成できたのは、小田野氏の的確な助言とこまやかな心遣いに満ちたサポートのおかげである。群像社の島田進矢氏には同社刊の『コブザール』から四篇の転載をご快諾いただいた。おふたりに心からお礼を申し上げたい。最後に、さまざまな仕方で支えてくださったすべての方たちに感謝をささげたい。

今なお、戦争と混乱のさなかにあって苦難を強いられているウクライナの人びとが、一日も早く平和な暮らしを取り戻せることを願いながら筆をおく。

二〇二二年八月二十四日

藤井悦子

[付記]

一、翻訳に使用した底本は、

Тарас Шевченко, Повне зібрання творів у дванадцяти томах. Київ, Наукова думка, 1989– , том перший, Поезія 1837–1847.

である。そのほか、

Тарас Шевченко, Зібрання творів у шести томах. Київ, Наукова думка, 2003.

も参照した。

一、作品は、原詩の末尾に記載されている年月日の順に配列した。

一、原詩で字下げされている箇所は、同じように字下げした。

一、地名や人名などの片仮名表記については、日本でまだ定まっていない点も多いので、できるかぎり現地読みに近い表記を心がけるという原則のもとに、適宜判断した。

一、詩人の姓の「シェフチェンコ」については、「シェウチェンコ」が正しいとされるが、ウクライナ国内でも地域によって発音が異なることと、日本では「シェフチェンコ」の表記で既訳があることを考慮して、わたしたちになじみのある「シェフチェンコ」を採用した。

一、訳語には今日からすると不適切な差別語が含まれているが、原詩のニュアンスや歴史性を考慮して一部採用した。

一、掲載作品の《暴かれた墳墓(モヒラ)》《無題(チヒリンよ、チヒリンよ)》《三年》《遺言》は『シェフチェンコ詩集　コブザール』(群像社、二〇一八年)の訳者による既訳を使用した。

シェフチェンコ詩集（ししゅう）

2022年10月14日　第1刷発行

編訳者　藤井悦子（ふじいえつこ）

発行者　坂本政謙

発行所　株式会社 岩波書店
〒101-8002 東京都千代田区一ツ橋2-5-5
案内 03-5210-4000　営業部 03-5210-4111
文庫編集部 03-5210-4051
https://www.iwanami.co.jp/

印刷・精興社　製本・中永製本

ISBN 978-4-00-377012-2　Printed in Japan

読書子に寄す

——岩波文庫発刊に際して——

岩波茂雄

真理は万人によって求められることを自ら欲し、芸術は万人によって愛されることを自ら望む。かつては民を愚昧ならしめるために学芸が最も狭き堂宇に閉鎖されたことがあった。今や知識と美とを特権階級の独占より奪い返すことはつねに進取的なる民衆の切実なる要求である。岩波文庫はこの要求に応じそれに励まされて生まれた。それは生命ある不朽の書を少数者の書斎と研究室とより解放して街頭にくまなく立たしめ民衆に伍せしめるであろう。近時大量生産予約出版の流行を見る。その広告宣伝の狂態はしばらくおくも、後代にのこすと誇称する全集がその編集に万全の用意をなしたるか。千古の典籍の翻訳企図に敬虔の態度を欠かざりしか。さらに分売を許さず読者を繋縛して数十冊を強うるがごとき、はたしてその揚言する学芸解放のゆえんなりや。吾人は天下の名士の声に和してこれを推挙するに躊躇するものである。このときにあたって、岩波書店は自己の責務のいよいよ重大なるを思い、従来の方針の徹底を期するため、すでに十数年以前より志して来た計画を慎重審議この際断然実行することにした。吾人は範をかのレクラム文庫にとり、古今東西にわたって文芸・哲学・社会科学・自然科学等種類のいかんを問わず、いやしくも万人の必読すべき真に古典的価値ある書をきわめて簡易なる形式において逐次刊行し、あらゆる人間に須要なる生活向上の資料、生活批判の原理を提供せんと欲する。この文庫は予約出版の方法を排したるがゆえに、読者は自己の欲する時に自己の欲する書物を各個に自由に選択することができる。携帯に便にして価格の低きを最主とするがゆえに、外観を顧みざるも内容に至っては厳選最も力を尽くし、従来の岩波出版物の特色をますます発揮せしめようとする。この計画たるや世間の一時の投機的なるものと異なり、永遠の事業として吾人は微力を傾倒し、あらゆる犠牲を忍んで今後永久に継続発展せしめ、もって文庫の使命を遺憾なく果たさしめることを期する。芸術を愛し知識を求むる士の自ら進んでこの挙に参加し、希望と忠言とを寄せられることは吾人の熱望するところである。その性質上経済的には最も困難多きこの事業にあえて当たらんとする吾人の志を諒として、その達成のため世の読書子とのうるわしき共同を期待する。

昭和二年七月

《東洋文学》〔赤〕

- 楚辞　小南一郎訳注
- 杜甫詩選　黒川洋一編
- 李白詩選　松浦友久編訳
- 唐詩選　全三冊　前野直彬注解
- 完訳 三国志　全八冊　小川環樹・金田純一郎訳
- 西遊記　全十冊　中野美代子訳
- 菜根譚　洪自誠　今井宇三郎訳注
- 浮生六記 ―浮生夢のごとし　沈復　松枝茂夫訳
- 阿Q正伝・狂人日記（吶喊）他十二篇　魯迅　竹内好訳
- 魯迅評論集　竹内好編訳
- 家　全二冊　巴金　飯塚朗訳
- 新編 中国名詩選　全三冊　川合康三編訳
- 遊仙窟　張文成　今村与志雄訳
- 唐宋伝奇集　全二冊　今村与志雄訳
- 聊斎志異　全二冊　蒲松齢　立間祥介編訳
- 白楽天詩選　全二冊　川合康三訳注
- 文選　全六冊　川合康三・富永一登・釜谷武志・和田英信・浅見洋二・緑川英樹訳注
- 曹操・曹丕・曹植詩文選　川合康三編訳
- ケサル王物語 ―チベットの英雄叙事詩　アレクサンドラ・ダヴィッド＝ネール　アプル・ユンテン　富樫瓔子訳
- バガヴァッド・ギーター　上村勝彦訳
- 朝鮮民謡選　金素雲訳編
- 尹東柱詩集 空と風と星と詩　金時鐘編訳
- アイヌ神謡集　知里幸恵編訳
- アイヌ民譚集 付 えぞおばけ列伝　知里真志保編訳

《ギリシア・ラテン文学》〔赤〕

- ホメロス イリアス　全二冊　松平千秋訳
- ホメロス オデュッセイア　全二冊　松平千秋訳
- イソップ寓話集　中務哲郎訳
- アイスキュロス アガメムノーン　久保正彰訳
- アイスキュロス 縛られたプロメーテウス　呉茂一訳
- アンティゴネー　ソポクレース　中務哲郎訳
- ソポクレス オイディプス王　藤沢令夫訳
- ソポクレス コロノスのオイディプス　ソポクレス　高津春繁訳
- バッカイ ―バッコスに憑かれた女たち　エウリーピデース　逸身喜一郎訳
- ヘシオドス 神統記　廣川洋一訳
- ヘーシオドス 仕事と日　松平千秋訳
- 女の議会　アリストパネース　村川堅太郎訳
- アポロドーロス ギリシア神話　高津春繁訳
- ギリシア・ローマ抒情詩選 ―花冠　呉茂一訳
- 黄金の驢馬　アープレーイユス　呉茂一・国原吉之助訳
- オウィディウス 変身物語　全二冊　中村善也訳
- ギリシア・ローマ神話 付 インド・北欧神話　ブルフィンチ　野上弥生子訳
- ギリシア・ローマ名言集　柳沼重剛編
- ローマ諷刺詩集　ペルシウス　ユウェナーリス　国原吉之助訳

《南北ヨーロッパ他文学》〔赤〕

- ダンテ 新生 ―― 山川丙三郎訳
- 珈琲店・恋人たち ―― ゴルドーニ 平川祐弘訳
- 夢のなかの夢 ―― タブッキ 和田忠彦訳
- カヴァレリーア・ルスティカーナ 他十一篇 ―― G・ヴェルガ 河島英昭訳
- カルヴィーノ イタリア民話集 全二冊 ―― 河島英昭編訳
- むずかしい愛 ―― カルヴィーノ 和田忠彦訳
- パロマー ―― カルヴィーノ 和田忠彦訳
- カルヴィーノ アメリカ講義 ―新たな千年紀のための六つのメモ ―― 米川良夫 和田忠彦訳
- まっぷたつの子爵 ―― カルヴィーノ 河島英昭訳
- 魔法の庭・空を見上げる部族 他十四篇 ―― カルヴィーノ 和田忠彦訳
- ペトラルカ ルネサンス書簡集 ―― 近藤恒一編訳
- ペトラルカ 無知について ―― 近藤恒一訳
- 美しい夏 ―― パヴェーゼ 河島英昭訳
- 流刑 ―― パヴェーゼ 河島英昭訳
- 祭の夜 ―― パヴェーゼ 河島英昭訳
- 月と篝火 ―― パヴェーゼ 河島英昭訳
- 休戦 ―― プリーモ・レーヴィ 竹山博英訳
- ウンベルト・エーコ 小説の森散策 ―― 和田忠彦訳
- バウドリーノ 全二冊 ―― ウンベルト・エーコ 堤康徳訳
- タタール人の砂漠 ―― ブッツァーティ 脇功訳
- 七人の使者・神を見た犬 他十三篇 ―― ブッツァーティ 脇功訳
- ラサリーリョ・デ・トルメスの生涯 ―― 会田由訳
- ドン・キホーテ 前篇 全三冊 ―― セルバンテス 牛島信明訳
- ドン・キホーテ 後篇 全三冊 ―― セルバンテス 牛島信明訳
- 娘たちの空返事 他一篇 ―― モラティン 佐竹謙一訳
- プラテーロとわたし ―― J・R・ヒメーネス 長南実訳
- オルメードの騎士 ―― ロペ・デ・ベガ 長南実訳
- セビーリャの色事師と石の招客 他一篇 ―― ティルソ・デ・モリーナ 佐竹謙一訳
- ティラン・ロ・ブラン 全四冊 ―― J・マルトゥレイ M・J・ダ・ガルバ 田澤耕訳
- ダイヤモンド広場 ―― マルセー・ルドゥレダ 田澤耕訳
- 完訳 アンデルセン童話集 全七冊 ―― 大畑末吉訳
- 即興詩人 全二冊 ―― アンデルセン 大畑末吉訳
- アンデルセン自伝 ―― 大畑末吉訳
- ここに薔薇ありせば 他五篇 ―― ヤコブセン 矢崎源九郎訳
- フィンランド叙事詩 カレワラ 全二冊 ―― リョンロット編 小泉保訳
- 王の没落 ―― イェンセン 長島要一訳
- イプセン 人形の家 ―― 原千代海訳
- イプセン 野鴨 ―― 原千代海訳
- 令嬢ユリェ ―― ストリントベルク 茅野蕭々訳
- ポルトガリヤの皇帝さん ―― ラーゲルレーヴ イシガオサム訳
- アミエルの日記 全四冊 ―― 河野与一訳
- クオ・ワディス 全三冊 ―― シェンキェーヴィチ 木村彰一訳
- 山椒魚戦争 ―― カレル・チャペック 栗栖継訳
- ロボット (R・U・R) ―― チャペック 千野栄一訳
- 白い病 ―― カレル・チャペック 阿部賢一訳
- 灰とダイヤモンド 全二冊 ―― アンジェイェフスキ 川上洸訳
- 牛乳屋テヴィエ ―― ショレム・アレイヘム 西成彦訳
- 完訳 千一夜物語 全十三冊 ―― 豊島与志雄 渡辺一夫 佐藤正彰 岡部正孝訳
- ルバイヤート ―― オマル・ハイヤーム 小川亮作訳
- ゴレスターン ―― サァディー 沢英三訳

- アブー・ヌワース アラブ飲酒詩選　塙　治夫編訳
- 王　書 ―古代ペルシャの神話・伝説　フェルドウスィー　岡田恵美子訳
- 中世騎士物語　ブルフィンチ　野上弥生子訳
- コルタサル短篇集 悪魔の涎・追い求める男 他八篇　木村榮一訳
- 遊戯の終わり　コルタサル　木村榮一訳
- 秘密の武器　コルタサル　木村榮一訳
- ペドロ・パラモ　ファン・ルルフォ　杉山　晃・増田義郎訳
- 燃える平原　ファン・ルルフォ　杉山　晃訳
- 伝奇集　J.L.ボルヘス　鼓　直訳
- 創造者　J.L.ボルヘス　鼓　直訳
- 続審問　J.L.ボルヘス　中村健二訳
- 七つの夜　J.L.ボルヘス　野谷文昭訳
- 詩という仕事について　J.L.ボルヘス　鼓　直訳
- 汚辱の世界史　J.L.ボルヘス　中村健二訳
- ブロディーの報告書　J.L.ボルヘス　鼓　直訳
- アレフ　J.L.ボルヘス　鼓　直訳
- 語るボルヘス ―書物・不死性・時間ほか　J.L.ボルヘス　木村榮一訳

- 20世紀ラテンアメリカ短篇選　野谷文昭編訳
- フエンテス短篇集 アウラ・純な魂 他四篇　木村榮一訳
- アルテミオ・クルスの死　フエンテス　木村榮一訳
- グアテマラ伝説集　M.A.アストゥリアス　牛島信明訳
- 緑の家 全二冊　バルガス＝リョサ　木村榮一訳
- 密林の語り部　バルガス＝リョサ　西村英一郎訳
- ラ・カテドラルでの対話　バルガス＝リョサ　旦　敬介訳
- 弓と竪琴　オクタビオ・パス　牛島信明訳
- 失われた足跡　カルペンティエル　牛島信明訳
- ラテンアメリカ民話集　三原幸久編訳
- やし酒飲み　エイモス・チュツオーラ　土屋　哲訳
- 薬草まじない　エイモス・チュツオーラ　土屋　哲訳
- マイケル・K　J.M.クッツェー　くぼたのぞみ訳
- ミゲル・ストリート　V.S.ナイポール　小沢自然・小野正嗣訳
- キリストはエボリで止まった　カルロ・レーヴィ　竹山博英訳
- クァジーモド全詩集　河島英昭訳
- ウンガレッティ全詩集　河島英昭訳

- クオーレ　デ・アミーチス　和田忠彦訳
- ゼーノの意識 全二冊　ズヴェーヴォ　堤　康徳訳
- 冗　談　ミラン・クンデラ　西永良成訳
- 小説の技法　ミラン・クンデラ　西永良成訳
- 世界イディッシュ短篇選　西　成彦編訳

《ロシア文学》〔赤〕

- オネーギン　プーシキン／池田健太郎訳
- スペードの女王・ベールキン物語　プーシキン／神西清訳
- 外套・鼻　ゴーゴリ／平井肇訳
- 日本渡航記 —フレガート「パルラダ」号より　ゴンチャロフ／井上満訳
- ルージン　ツルゲーネフ／中村融訳
- 貧しき人々　ドストイェフスキイ／原久一郎訳
- 二重人格　ドストエフスキー／小沼文彦訳
- 罪と罰 全三冊　ドストエフスキー／江川卓訳
- 白痴 全二冊　ドストエーフスキイ／米川正夫訳
- カラマーゾフの兄弟 全四冊　ドストエーフスキイ／米川正夫訳
- アンナ・カレーニナ 全三冊　トルストイ／中村融訳
- 幼年時代　トルストイ／藤沼貴訳
- 戦争と平和 全六冊　トルストイ／藤沼貴訳
- トルストイ民話集 人はなんで生きるか 他四篇　中村白葉訳
- トルストイ民話集 イワンのばか 他八篇　中村白葉訳
- イワン・イリッチの死　トルストイ／米川正夫訳
- 復活 全二冊　トルストイ／藤沼貴訳
- 人生論　トルストイ／中村融訳
- かもめ　チェーホフ／浦雅春訳
- ワーニャおじさん　チェーホフ／小野理子訳
- 桜の園　チェーホフ／小野理子訳
- チェーホフ 妻への手紙 全二冊　湯浅芳子訳
- ゴーリキー短篇集　上田進・横田瑞穂訳編
- どん底　ゴーリキイ／中村白葉訳
- かくれんぼ・毒の園 他五篇　ソログープ／中山省三郎・昇曙夢訳
- アファナーシエフ ロシア民話集 全二冊　中村喜和編訳
- われら　ザミャーチン／川端香男里訳
- 悪魔物語・運命の卵　ブルガーコフ／水野忠夫訳
- 巨匠とマルガリータ 全二冊　ブルガーコフ／水野忠夫訳

岩波文庫の最新刊

サラゴサ手稿（上）
ヤン・ポトツキ作／畑浩一郎訳

ポーランドの貴族ポトツキが仏語で著した奇想天外な物語。作者没後、原稿が四散し、二十一世紀になって全容が復元された幻の長篇、初の全訳。（全三冊）

〔赤N五一九-一〕　定価一二五四円

正岡子規ベースボール文集
復本一郎編

無類のベースボール好きだった子規は、折りにふれ俳句や短歌に詠み、随筆につづった。明るく元気な子規の姿が目に浮かんでくる。

〔緑一三-一三〕　定価四六二円

田園の憂鬱
佐藤春夫作

青春の危機、歓喜を官能的なまでに描き出した浪漫文学の金字塔。佐藤春夫（一八九二－一九六四）のデビュー作にして、大正文学の代表作。改版。（解説＝河野龍也）。

〔緑七一-一〕　定価六六〇円

……今月の重版再開……

ミレー
ロマン・ロラン著／蛯原徳夫訳

定価七九二円〔赤五五六-四〕

人さまざま
テオプラストス著／森進一訳

定価七〇四円〔青六〇九-一〕

定価は消費税 10% 込です　2022. 9

岩波文庫の最新刊

シェフチェンコ詩集

藤井悦子編訳

理不尽な民族的抑圧への怒りと嘆きをうたい、ウクライナの国民的詩人と呼ばれるタラス・シェフチェンコ(一八一四―六一)。流刑の原因となった詩集から十篇を精選。

〔赤N七七一―一〕　定価八五八円

エリア随筆抄

チャールズ・ラム著／南條竹則編訳

英国随筆の古典的名品と謳われるラム(一七七五―一八三四)の『エリア随筆』。その正・続篇から十八篇を厳選し、詳しい訳註を付した。(解題・訳註・解説＝藤巻明)

〔赤二二三―四〕　定価一〇一二円

ギリシア芸術模倣論

ヴィンケルマン著／田邊玲子訳

芸術の真髄を「高貴なる単純と静謐なる偉大」に見出し、精神的なものの表現に重きを置いた。近代思想に多大な影響を与えた名著。

〔青五八六―一〕　定価一三二〇円

室生犀星俳句集

岸本尚毅編

室生犀星(一八八九―一九六二)の俳句は、自然への細やかな情愛、人情の機微に満ちている。気鋭の編者が八百数十句を精選した。犀星の俳論、室生朝子の随想も収載。

〔緑六六―五〕　定価七〇四円

……今月の重版再開……

プラトーノフ作品集

原卓也訳

定価一〇一二円

〔赤六四六―一〕

ザ・フェデラリスト

A・ハミルトン、J・ジェイ、J・マディソン著／斎藤眞、中野勝郎訳

定価一一七七円

〔白二四―一〕

定価は消費税10％込です　2022.10